自意識過剰探偵の事件簿

真摯夜紳士

一二三文庫

この物語はフィクションです。
実在の人物、団体等とは一切関係がありません。

目次

一章　体育倉庫監禁事件

風雲急を告げる――なんて諺《ことわざ》があるように、人には不穏な気配を感じる瞬間があると思う。誰だって背筋が寒くなるというか、言いようのない不安を覚えることはないだろうか。これはそう、俗に言う『嫌な予感』、『虫の知らせ』ってやつだ。

いつもと違う。普段は何かにつけて「明義《あきよし》！」と人の名前を呼ぶくせに。どこか変だ。徐々に暗雲が近づいてくるような、得も知れぬサイン。

従って、こんな長いこと何事も起こらないのは、嵐の前の静けさで。ただただ暇な時間を過ごせている不思議は、ある種のミステリーと言えよう。

何故なら、あいつは退屈を拒む。

まったりと本を読みながら、むにゃむにゃと目を擦ったり……そんな日向ぼっこのような学校生活は、あいつの周りじゃ送りたくても送れない。そういった意味で、俺や皆とは毛色が違う、生粋《きっすい》の主役を張れる奴なのだろう。

「ねえ聞いた？　今度は二年生だって」

「うわぁ。怖くないのかな、雲雀野《ひばりの》さん」

そら、きた。

晴れ渡る七月中旬の暑さ。クラスメイトの談笑が耳心地の良い、三時限目終わりの休み時間。俺は立ち上がって、噂話をしていた女子達に近づいた。

「ごめん。それ、詳しく訊かせてくれないか？」

急に話しかけたから、じゃないのだろう。一人は顔を逸らし、もう一人は露骨に関わりたくなさそうな表情。ああ、わかってる。毎度のことだ。

「いや巻き込むつもりは全然なくて……ほら、雲雀野の名前が出たからさ」

そう言ったら、さらに眉間のシワは深く刻まれ、隠そうともしない不快感を示された。

「なに、盗み聞きしてたの？」

威圧的な女子の一言に、顔を逸らしていた方もビクリと体を震わせる。

「違う、誤解だ。そんなつもりないって」

「本当にぃ？　こんな広い教室なのに。怪しい」

「俺と雲雀野が皆から遠ざけられてるの、知ってるだろ。暇だから噂聞くしか、やることないんだよ」

「……あ……なんか、ごめん」

謝るな。謝らないでくれ頼むから。

こうして情報を得た俺は、教室から出て二年生の元まで走った。休み時間中に片付けてしまおう。当の本人にも付いて来てもらいたいところだが、あいつはチャイムが鳴るや否やフェードアウト。脱兎の如く尻尾すら掴ませないまま、どこかへ行ってしまった。

階段を上り、先輩達が集う一画へ。女子に聞いたクラスの前まで行き、俺は息を整えてから扉を開けた。

「すみません、晴澤《はれさわ》先輩はおられますか」

一斉に集まる上級生の視線。無言で曝されている方は堪ったもんじゃない。

「あの、晴澤先輩は……」

「今日は来てないよ。てか、これで二度目なんだけど！」

教室内から誰のか分からない怒声が飛び、俺は「お騒がせしました」と深く頭を下げた。扉を閉めると、今度はクスクスとした笑い声が伝わってくる。

間違いなく一度目は雲雀野だな。あいつの探偵癖を見せつけられ、さぞ奇っ怪で厄介な奴に映ったことだろう。でも、これで多少は印象が薄まったはずだ。

あいつが何を企んでいるのか分からない所為《せい》で、嫌な予感だけがズシンと重苦しい。

背中を丸め、自分のクラスへと戻るまでに考える。

高校入学というスタートラインは一緒なのに、どうしてこうなってしまったのか。

どこから皆と違うルートを辿るようになったのか。自己紹介までは上手く隠せていたはずだ。やっぱり事件というキーワードを聞いてからか。

大体なんで俺ばかりが、こんな目に。

段々と腹が立ってくる。それに伴って歩調も速まっていく。

幼稚園からの縁で毎度のこと尻拭いをしているが、流石に今回ばかりは堪忍袋の緒が切れた。何が悲しくて、男子高校生が女子高校生たるオナゴの尻を拭わにゃならんのだ。

どんなに外見が子供っぽいのだとしてもだ、中身は大人に近づいても良い頃合いなんじゃないかと思う。なんたって十五歳だぞ、十五歳。義務教育が終了して、印鑑登録可能で、労働も遺言もできるようになる歳だ。そろそろ十六歳の誕生日だって控えてる。もうちょっと人目をはばかり、落ち着いた感じになったって罰は当たらない。

平和に基づき、平坦な道を歩むべきなのだ。

皆がそうしてる。俺だって、そうしたいはずで。

俺が居なかったら、今頃あいつは。

いや……だけど、まあ。

自らを探偵と言い張る――自意識過剰な探偵こと雲雀野八雲《ひばりのやくも》は、その平凡な道から外れて真逆を行こうとしていた。さながら高速道路で逆走するかのように。

夏の到来を感じさせる今日、昼休みの出来事も、そう。

午前の授業が終わり、三分が経過した。今頃、購買組は熾烈な争いを繰り広げているのだろう。あそこで売っている少数限定の惣菜パンは絶品だ。学年を問わず奪い合いになるのも頷ける。しかし、それはそれ。汗だくの略奪戦を好まない人達は、こうして各々の弁当を持参していた。

入学前、あるいは入学時に仲良くなった友達同士は、机を寄せ合い弁当箱を広げている。美味しそうな匂いが爽やかな風に乗って、俺の腹を刺激した。

今日のおかずは何だとか、ニュースやゲームやら漫画といった話題で盛り上がるクラスメイト。和気あいあい、素敵なことだ。叶うものなら混ざりたい。

そんな和やかな教室の扉を隔て、空気を乱す猛烈な靴音が鳴り響く。はて、購買組が戻ってくるには早すぎる。ならば他クラスの生徒か？　いやいや、よほど急ぎの用がなければ、ここまでダッシュはしないだろう。では誰だ。

「いただきます」

「……っ……いただきます！」

今すぐ目の前の弁当を食べないと、大変なことになる——俺の直感が、そう告げていた。それに従おうとした。

そのはずだったのに。

学校の廊下を、あたかも短距離走のコースと間違えているんじゃないかってスピードで走り、教室のドアを破壊せんばかりの勢いで開け放ち、あいつは……こう言ったんだ。

いつものように、恥ずかしげも照れもなく、他人の迷惑など欠片も考えず、耳を塞いでいても聞こえるくらい大きな声で。

「明義、難事件よ⁉」

だろうな、やっぱり。

その直後、お弁当を頬張ろうと口を開けていた俺は、問答無用で誘拐された。

犯人は言わずもがな。嬉しそうに笑みをたたえ、無造作なショートカットの黒髪を揺らす――自称女探偵。

くっきりとした瞳は、しっかりと標的たる俺を捉えていた。黙っていれば可愛い系で通りそうな顔を、悪ガキのように歪ませて。

「待て、待てよ雲雀野。どこへ連れて行く気なんだ」

「決まってるわ。事件現場よ、明義っ！」

抵抗も虚しく、男子が一回りも体格差のある女子に、腕を掴まれ引っ張られていく

――という構図を、すれ違う生徒達に見られてしまった。高校に入学して早三ヶ月、こんな恥ずかしい目に遭うとは心が痛い。素敵な出会いをするはずの女子に、陰で噂されるのかと思うと目頭が熱くなりそうだ。

「分かった。離せって、逃げないから」

「だーめ。そう言って前回も逃げたでしょ。しっかり捕まえとかなきゃ」

「俺は前科持ちかよ」

「似たようなものじゃない?」

「なんて仕打ちだ……」

このロックされたアームを振り解くことは、試すまでもなくできない。雲雀野は『探偵といえば捕縛術ね!』なんて偏見のもと、中学の部活で大層物騒な武術を学んでいたからだ。対して、こちらは元文芸部員。インテリな俺に抗う術などありはしない。

「おい雲雀野、今度は何の思い込みだ。どこぞの縦笛でも盗まれたのか?」

「ふふん、外れ」

人差し指をクルクルと回す雲雀野。こいつは実に楽しそうに笑う。それも事件に遭遇――もとい、自分から首を突っ込んだ時など格別に上機嫌だ。大方、ご自慢の推理力を皆に披露したくて仕方がないのだろう。

「盗難事件じゃないんだな、ワトスン」

「誰がワトスンだ、ホームズ気取りか己は。おこがましい。著者であるアーサー・コナン・ドイル先生に謝れ、今すぐに」

「いいじゃないの別に、ファンなんだから」

「全然よくない。多方面から叱られる前に非礼を詫びろ。ほら、さあ！」

「な、なによ、助手のくせに……」

「んん⁉」

「あーもう、はいはい」

はいたい？　何だっけ、それ。確か沖縄の方言だった気がするけれど、少なくとも返事の類ではないと思う。俺は呆れながら語気を強めた。

「お前は世界中にいるファンを怒らせたいのかよ」

「うぅ、ごめんなさいでしたー」

凄んで言う事を聞く内は、まだマシな奴なんだと信じたい。

「で、事件っつーのは何なんだ」

「ただの事件じゃないわ、難事件よ！」

うるさい近い、顔を寄せて耳元で叫ぶな。そんなの、どっちだって大した差はないだろうに。

こと雲雀野八雲が俺を呼び立てる際は、決まって『難事件』という言葉を使う。その定義は単純明快。自分ひとりで解決できる事柄は『事件』と称し、その他は『難事件』なんて誇張がされている。頻度として難事件は希なのだが、その度に担ぎ出される俺としちゃ堪ったもんじゃない。

いつだったか、それとなく愚痴を零したら『助手である明義が私を手伝うのは当然でしょ！』と涙目で訴えられ、俺は拒否権を発動できずにいた。

助手になった覚えもなければ、何かの書類に判子を押したりもしてないんだがな。っていうか俺、印鑑登録なんてしてないし。

「ともかく、俺が訊きたいのは難易度じゃなくて内容だ。勿体ぶってないで、難事件とやらを教えてくれ」

「そうね。それにしても、だいぶ助手ってポジションが板についてきたじゃない、明義」

そりゃ無差別に害悪を撒き散らす腐れ縁を、放ってはおけないからだ——などと、いつまでも相槌を打っていたら、板がブッ壊れかねないのでスルー。

本音と建前を使い分けている俺に気分を良くしたのか、雲雀野は優雅に鼻を鳴らし、事の顛末《てんまつ》を説明し始めた。

俺は警告を知らせてくれた腹の虫をなだめつつも、それに耳を傾けるのであった。

虫の知らせ……中々どうして侮りがたし、だ。

＊

事件とは即ち、広い意味で犯罪のような法に反するものだけではなく、話題性のある出来事に対しても慣用される単語である。なんにしても悪い意味合いなのは変わりないが、警察沙汰を巻き起こしていないのだから、今回の事件は後者に当たるのだろう。その証拠に、雲雀野の奴が早朝と休み時間を散策し、探偵専用パラボラアンテナで聞きつけたのだから間違いない。一生徒に隠されていないということは、それ程の事件ではなかったのだ。

「……つまり、昨日の放課後から体育倉庫に閉じ込められていた生徒二人が、今朝方になって発見されたと」

「まとめるなら、そうねっ！」

意気揚々と上履きから靴に履き替えたのは、その為か。

俺が通う学校の体育倉庫は二つある。館内倉庫と館外倉庫だ。一つは体育館内に設置され、室内競技やらの備品入れとして機能している。もう一つは外での授業に使われる用具が仕舞われていた。履き慣れてない革靴に替えた以上、俺達が向かおうとしているのは、館外倉庫で決まりのようだ。

雲雀野は大げさな身振り手振りで説明した後、再び俺を引き寄せた。やめろ、ふくらみに当たりそうだから。

「これはもう学校創立以来の事件だわ、それも監禁事件！　どう、探偵の血が疼《うず》いてきたでしょ、明義っ！」

貧血か。この立ち眩みは空が青くて眩しい所為だよな、きっと。

「近い暑い鼻息が当たる、同意を求めるな。この学校の歴史を知っとるのか、お前は。それとな、お前の御両親は誓って探偵業じゃないぞ。普通の、善良なサラリーマンと専業主婦だろうが。歴とした血統書があるだろうから、市役所に行って見てこい」

「分かってないわねぇ、明義は。こういうのはノリなの。決め台詞が大事なのよ。だって言うでしょ、『お爺ちゃんの名に懸けて！』って」

「架空の人物を引き合いに出すなよ。というより、本人の許可なく名を懸けられたんじゃ、さぞ爺さんも浮かばれないだろうに……」

「探偵が真相を暴かないで、どうするのよ」

「謎のまんまにしとけ。その方が妄想も捗るだろ」

「やっぱり私が解決するしかないようね」

「聞けよ、人の話を」

そうこうしている合間にも歩は進み、件の建物が姿を現した。

校舎から離れ、グラウンドの隅に位置する体育倉庫。俺達が入学する以前から倉庫の名に相応しく、目立つことなく存在していたのだろう。かなり塗装が古くなっている鉄筋コンクリート構造だが、屋根だけは改修され、なんとか新しく見せようと体裁を保っていた。

扉は鉄製の頑丈そうな引き戸が一つ。加えて背面には設計ミスの如く、換気ができないような高さに窓が付いている。

その閉ざされた外観を窺うに、なるほど気密な空間だと言えなくもない。こんな場所に閉じ込められでもしたら……近くに誰かが居ない限り、叫ぼうが叩こうが徒労に終わるだろう。見回りする教員だって、校舎の隅までは来ないだろうしな。

しかし、体育倉庫に監禁、ねぇ。なんともまぁ。

「ベタだな」

「そこがいいんじゃない。いかにも探偵が登場しそうな難事件だわ！」

軽やかだった足取りを止める。まんべんなく体育倉庫の外側を検分し、満足気に頷く雲雀野。俺は溜息と共に、拘束の解かれた手を額に当てた。

「つっても事件は解決してるだろ。その生徒さん方は無事に救助されて、めでたししして言った。

じゃないか」

「どこが解決してるのよ。まだ犯人が捕まってないじゃない」

そう言って怪訝《けげん》そうに首を傾げる雲雀野。いかん、この流れは良くない。ややこしいことになる。俺の直感が、そう告げている。慌てて気さくな体を装い、諭すように

「あ……あのな雲雀野、必ずしも全ての事件に、犯人が付属されてるわけじゃないんだ。なにしろ建物自体が古いんだし、たまたま生徒が中に居た時、鍵が壊れたってこともあるだろう。偶然が重なった不幸な事故だ。な、分かったら教室に戻って昼飯食おうぜ。さっきから腹ペコなんだよ、俺」

「鍵が壊れたなら、どうして扉が閉まってるの？　普通、運動用具が取り出せなくなるから、開けたままにしておくでしょ。朝から昼休みまでの間に、鍵が直ったとでも言うの？　それにしては交換した形跡もないし、なんだか錆びてるわね……」

やってしまった。うかつにも程がある。

雲雀野は一転して目の色が変わり、まるでスイッチが入ったかのように独り言ちた。いかにも悩んでそうな感じで眉間に指を添え、今となってはテコでも動きそうにない。

「なら鍵が壊れた可能性は無し。そうなると思った通り、何者かの犯行が疑わしい、

か。そもそも犯行の動機は何なのかしら。たった一日閉じ込めるだけで、何かが変わる？　典型的な線で考えられるのは、恨み、妬み、脅し。でも翌日が平日だったら、朝練する生徒に見つかるのは分かりきってるはず。それとも騒ぎを起こしたいだけの愉快犯？　いえ、衝動的にやったたって確率も捨て切れない。被害者が二人っていうのも気になるわよね。どうして一人じゃなかったのか。複数人にした理由って何かしら……」

でた。雲雀野八雲、捕縛術に並ぶ得意技の一つ——推理妄想癖。俺が被害を受けている最大の要因は、これだ。困ったことに雲雀野は、自身を探偵に見立てている節がある。

きっかけは幼稚園の年長組だったたか。詳しくは憶えていないが、確かそれぐらいの年頃だったと思う。男子は戦隊ヒーローごっこに夢中になり、女子はオママゴトが盛んな時期において、あろうことか雲雀野は『探偵ごっこ』をやっていた。それも一人ではなく、無関係な他人を、無差別に巻き込んで。罪も穢れもない幼児達へ向かって、なんの根拠も論拠も用意せず、それでも自信たっぷりに言い放っていたのだ。

「犯人は、あなただっ！」

そうそう、丁度こんな感じで……って、あれ？

指差しポーズで雲雀野が宣言した先には、見知らぬ女子生徒が立っていた。

「え……？」

困惑している。理解できずに視線を泳がし、うろたえている。こういうリアクションを俺は、幾度となく目にしてきた。それ故、こんな時の応対マニュアルも心得ている。

校章の色から察するに、どうやら動転している女子生徒は三年生のようだ。薄い茶が交じったセミロングの髪を、後ろで左右に分け両肩から出している。すらりと足が長く、背丈は女子の中では高い部類に入るだろう。動き易そうに着こなした制服からは、スポーティーな印象を受けた。

「あぁ、えぇと……すみませんでした先輩」

俺が声を掛けると、固まっていた二学年上の先輩は驚いて肩を揺らした。すぐさま訂正に入る。

「こいつ、ちょっとばかしアレで。その、たまに可笑しなこと言っちゃうんですよ。笑っちゃいますよね、ははは」

苦笑しながら雲雀野の方へと向く。おい失礼だろ、人差し指を下ろせ、こら。

「犯人は彼女よ明義。ぬけぬけと犯行現場に戻ってきたわっ！」

「よし、とりあえず黙ってみようか。お前が喋ると事態が悪化する」

俺は張り付いた笑顔で凄みを利かせながら、無理矢理に腕を降ろさせる。そのまま雲雀野を隠すようにして前へと立った。背後からは唇を尖らせ、ぶつくさ悪態をついている気配がするけれど、意思疎通は図らない。今は申し訳なさそうな営業スマイルで、上級生の相手をする方が先だ。

「こいつの言うことは八割くらい出任せなので、聞き流して下さい。気に障ったのなら、強引にでも謝らせますが」

「ぁ、いや別に。あたしは気にしてないから」

ハスキーボイスな先輩は、ポケットティッシュの配布を断るような仕草で首を振った。助かった。これがもし強面の不良だったなら、正直こうはいくまい。なんの前触れもなく犯人扱いされたんじゃ、誰だって気分を害してしまうだろう。

いくら雲雀野に護身術があったとしても、安心なんてできやしない。敵は作らないに限る。

「ちょっと、様子を見に来ただけだし」

「様子……朝の事件ですか？」

「え、うん、まあ」

少し目を開き、視線を逸らす。妙に歯切れが悪いのは、俺が事件のことを知っていたからか、それとも野次馬を見られた後ろめたさからか。後ろ髪を引かれる反応だったが、俺は探偵でもなければ助手でもない。思い込みの激しい幼馴染に付き合う学生だ。先輩の濁した言葉は、クリアになることなく通り抜けていった。

「だけど扉が開いてないんじゃ、てんで無駄足だったかな」

「ですね。俺達も帰ろうとしてました」

勝手に話を進めてみたところ、「むー」という不服そうな呻き声が上がる。爪だか何だか硬い物が、俺の背中に押し当てられた。

悪いな雲雀野、この事件は迷宮入りだ。お前も探偵ごっこは止めにして、大人しく好きな推理小説でも読んでような。静かな分には無害なんだしさ。

「……お友達は納得してなさそうだね」

「大丈夫です。こいつの関心なんて、昼飯食べれば忘れるレベルですから。所詮、野次馬クラスの探究心も、食欲の前じゃ白旗振りますよ」

とは口にしたものの、こいつが未解決のまま納得するはずもないんだろうな。

「……むぅ！」

痛いって、グリグリ押し付けんな。あと喋れ。

「まあ、とはいえ打つ手無しですから」

「あはは、そっか。うん、じゃ、あたしはこれで」

送った。

「はい、どうも。さよなら」

颯爽《さっそう》とした先輩は、踵を返して校舎へと歩き出す。俺は腹に手を当てて、それを見送った。

そうさ、今からでも遅くない。急いで教室へ戻れば昼飯にだってありつける。そうすれば、この空腹感ともサヨナラだ。

しかし俺を責付く自称探偵は、不貞腐《ふてくさ》れながら呟くのである。

「帰ろうとしないでよ！　私、ちゃんと用意してきたんだから」

ええい、さっきから背を突いて邪魔するな。

くすぐったさに耐えかね、俺が後ろを振り返ったのと、先輩の足音が途絶えたのは、ほぼ同時だった。

「……なんだって？」

「だから鍵。調査する為に持ってくるのは当然でしょ」

ジトっと湿度の高そうな目で、俺を見詰める雲雀野八雲。キツツキのように背を突いていた物の正体は、太陽の下に晒され、銀色の輝きを放つ鍵だった。

「お、お前……これ、どうしたんだよ」

「借りてきたの、職員室から」

「どうやって」

「壁に立て掛けてあるのを、こっそり拝借して」

「それは盗ったって言うんだ……！」

「あ、先生には見つからないようにしてきたから安心して。止められたら色々と面倒でしょ」

「尚更タチが悪いわ！」

自称探偵が盗難事件を起こすんじゃねぇよ。くそぅ、変な騒ぎになってなければいいんだが。生徒指導室行きにならぬよう、脳内で申し開きの言葉を練っていると。

「よければ、あたしが返しておこうか？　どうせ教室に戻るついでだし、入学してちょっとの君達より、あたしの方が顔も知れてて不自然じゃないだろうからさ」

と、さながら暗雲を取り払うような女神が囁いた。帰ろうとしていた先輩は、雲雀野の暴挙を見かねてか、わざわざ戻ってきてくれたのだ。これ以上の申し出など他にはない。

「先輩……助かりま」

「お断りよっ！」

そんな希望を打ち砕く邪神もまた、この世には居たようだ。いっそ暗黒魔界に帰って欲しいと思う。

「調査もしてないのに、鍵を渡すわけにはいかないわ」

「はぁ……」

こいつは何度、俺に余分な二酸化炭素を吐き出させるつもりなのだろうか。温暖化を加速させても知らんぞ。

げんなりした目を送ると、先輩は微笑ましく吐息をついた。

「明義くん、だっけ。苦労してるっぽいね」

同情された。泣きたい。

「ええ、それなりに難儀してます。せっかくの厚意に甘えられなくて、すみません」

「いいって。なんなら、その調査ってのが終わった後に、鍵を返してあげる。ここまで来たら……ね、あたしも中を覗いてみたくなったし」

人の善意とは、こうも温かい物だったのか。涙ぐませた俺が「ありがとうございます」と頭を下げると、先輩は「気にしないで」なんて優しい返事をくれた。

犯人扱いされて尚、度量が広い。流石は人生の先輩だ。お前も少しは見習え雲雀野。そうすれば俺の負担も減るし、二人してクラスメイトから冷たい視線を向けられることも無くなるだろうよ。

「って……何してんだ、お前は」

横目で見た途端、緩みそうだった涙腺が張り詰める。こともあろうに雲雀野は、先輩が差し出した親切心に、プックリと頬を膨らませていたのであった。

突き返してやろうか、そのほっぺ。

＊

こんなことを言ったら推理小説ファンである雲雀野にどやされそうだが、探偵と野次馬は似たり寄ったりな存在だと思う。話を合わせる為だけに、本棚一杯になるまでネタバレ済みの推理小説を読まされた俺が言うのだから、ちょっとは信憑性《しんぴょうせい》もあるはずだ。

共通項として、どちらも部外者だということが挙げられる。特段、事件現場に居合わせたわけでもなく、被害者でもなければ容疑者でもない。警察が取り調べを行う対象からは外れ、己の知的好奇心、または金銭欲を満たすが為に、しっちゃかめっちゃか場を掻き乱す輩だ。

それでもまだ、蚊帳の外で騒ぐだけなら下衆《げす》の勘ぐりで済むものを……捜査に割って入り、口を挟むだなんて言語道断である。

探偵は個人経営の調査業者、刑事は国に認められた公務員。その差は歴然としている。誰でもなれる探偵業とは違い、それなりの倍率に受かり警官となった人が、数年の勤務で検挙実績を上げ、さらに上司からの推薦を得て——やっとこさ刑事になる選抜試験を受けられるのだ。かような競争を潜り抜け、待ち構える捜査専科講習という、さらなる途方も無い過程を越えなければいけないのである。

考えてみてくれ。そんな苦労人が事件現場で探偵なんぞに横槍を入れられた日にゃ、怒り心頭になるのも仕方がないだろうさ。

ドラマや漫画じゃあるまいし。百歩譲って創作世界だけなら許されるものの、現実でなろうと志すもんじゃない。

こんなことを調べる程度には、そりゃあ俺だって雲雀野ほどではないにしろ、謎を暴いたり犯人を追い詰める探偵に憧れたものだ。けれどナマハゲやサンタクロースの伝承を信じなくなるのに伴って、探偵への熱も次第に冷めていった。

どうしてか、そんなのは決まってる。気付いたからだ。

虚構でも現実でも、探偵が活躍する時は、いつだって事件後だということに。

「明義、目を皿にして調べ尽くしなさい！」

元気ハツラツ、腕を組んだ仁王立ちで、雲雀野八雲は指示を飛ばす。その斜め後ろに控えた三年生の先輩は、四つん這いになっている俺を見て口元を隠しながら失笑していた。恥ずかしい。これじゃあ、まだ誰かのコンタクトレンズを探している方が有意義ってもんだろう。

「……やるせない」

ぼやきも、埃っぽい床に溶けてゆく。いやに蒸し暑いな。閉じ込められたのが放課後からなら、今より日が落ちて涼しいとは思うけれど。

そもそも犯人の手掛かりなんて、本当にあるんだろうか。

薄暗く窓からの採光しかない体育倉庫は、ライン引きやハードル、走高跳び用のマットにサッカーボールなど、外の授業で使われる用具が格納されている。普段はあまり入らない、入ったとしても長居はしない体育倉庫。外から見る分には結構な大きさに思えたが、中は用具だらけで窮屈に感じられた。

鉄製の扉は引き戸になっており、内外から施錠できる造りだ。それも簡単に開錠できる回転式の摘みではなく、差し込みタイプ。やや古くなって金属が酸化してる所もあるけれど、叩いて壊すのは無理だろう。

そうなると閉じ込められた場合、唯一の脱出口となるのが窓なのだが、しかし。

「高すぎる」

「あれは背伸びしても届かないかな。何かを台替わりにジャンプすれば、ひょっとして触れるかもだけど」

「そうですね」

先輩の助言に頷き、俺は立ち上がって台になりそうな物を探した。高さにして三メートル半くらいだろうか。これで跳び箱でもあれば良いのだろうが、見当たらない。生憎とそれは、室内用として体育館内で管理しているようだ。

しばらく倉庫を見回す。そうだな、目に付いた物から試してみるか。

まず手始めに、一際でかい棚を窓の下まで移動させるのは、どうだろう。見上げる程の大きさだし、鉄製なので人が乗っても問題ないはずだ。

「雲雀野、ちょっくら手を貸してくれ」

「……まさか、そこの棚を動かすとか言わないでしょうね」

「お、流石は自称探偵、名推理だ」

「アホ明義っ、動かせるわけないでしょ、こんなの！　マッチョなボディービルダーでも連れて来てから言いなさいよ！」

ですよね。よくよく考えてみれば、人が二人いようと棚そのものが重すぎて、動かすのは厳しそうだった。置かれた物を掃けても、相当な筋力が必要だろう。引きずるのも難しそうだし。その証拠に、もう何年も動かされた跡がない。

「ん……？」

下段の隅に、二リットルのペットボトルが転がっていた。スポーツ飲料のラベルが貼られており、中身は空っぽだ。

「誰かが部活終わりにでも捨てたんだろうね。全く、体育倉庫はゴミ箱じゃないってのにさ」

そう言って拾い上げる先輩。キャップを外すと、雑巾《ぞうきん》を絞るようにして空気を抜いた。ほのかに甘い香りが、ふわっと鼻先を掠める。

「君達は事件の捜査で忙しそうだし、これも片付けておくよ」

「それは嬉しいんですが……あの、からかってます？」

イタズラっぽく先輩は笑う。

「少しね。あたし今、ミステリーな状況に巻き込まれてるかもしれないし」

「先輩まで。勘弁して下さいよ」

額の汗を拭うと、依然として不機嫌そうな奴の顔が見えた。

へいへい、睨《にら》まれなくたって分かってる。無駄話はするなってんだろ。

俺は再び倉庫内に考えを巡らす。

ならばと、元は二つ折りの分厚いマットを極限まで折り畳んで、足場に利用できないかと試してみる。

「むぐぐ、硬い……無理か」

折り畳めても精々二回が限度。しかも手を離すと元の二つ折りに戻ってしまうので、土台には不向きだろう。

「今の、試さなくても分かるんじゃないの？」

「お前な、実際の目で見て、行動しないと手掛かりにも気付かないだろうが。汗だくな俺に謝れ」

「さ、流石は私の助手ね！」

「労えとは言ってないんだよ、この」

あと残っているので目ぼしいのは……サッカーボール入れか。一応は鉄製で腰辺りまである高さのカゴだが、移動式の為、キャスターが付いているのが難点だ。このキャスターを固定する道具があれば、台として使えないこともないが。

……あ、いや……そうか。

カラカラとボール入れを窓の下まで移動させると、先輩は不思議そうに首を傾げた。

「ん、それ使うの？」

「ええ、なんだか台になりそうじゃないですか。雲雀野、今度はこいつを押さえてくれないか」

「いいけど……犯人探しの証拠、忘れてないでしょうね」

「もちろん」

俺は適当に返事をしながら、片膝を上げた。間違っても雲雀野が押さえている手を踏まぬよう、円形状の縁に足を掛ける。これならキャスター式だろうが関係なく、安定して背伸びできるだろう。壁に手を当てながら、恐る恐る立ち上がる。

「明義、届きそう？」

「いや、これは背伸びしても無理だな。先輩の言ってた通り、跳んで触れるかどうかだ」

運よく窓枠に取り付くことが叶ったとして、それで脱出できるわけじゃない。実は、もう一つの問題が浮上する。

窓にも鍵が付いているのだ。それを開ける為には、半月状の締め金具を下に倒す。なんてことはない。この台から跳んで窓の縁に掴まり、尚かつ片手懸垂ばりの握力で体制を維持しつつ、開錠するだけだ。とんだボディービルダーだな、おい。

俺は慎重に鉄カゴから降りた。それなりの強度があるようで、たわんだりはしていない。

手についた汚れをズボンで払い、一息つく。

扉は壊せない、天窓にも届かない。こうなったら出るのは諦めて、助けを呼び続けるか朝になるのを待った方が無難だろう。こうして今も窓が閉まっているということは、救出された生徒は大人しくしていたみたいだ。

「……そういや、発見された生徒って、どんな人だったんだ？」

雲雀野に訊いたつもりが、意外にも即答したのは先輩の方で。

「二年の女子陸上部員二人だね。名前は雨甲斐《あまがい》と晴澤《はれさわ》。どっちも選手としては優秀で、次期部長候補かな。ちなみに、もう二人とも仲良く下校してるよ。学校側としては早退扱いにしたみたいだけど」

「ありがとうございます。でも先輩、どうして知っていたんですか？」

「だって陸上部の主将は、あたしだもん。朝一番で顧問に呼び出されて、昨日の事情を訊かれたし……部員が閉じ込められたなんて、主将としても気になるじゃない？」

ははぁ、様子見に来た理由は、それか。どうりで学年の違う生徒の個人情報が、すらすらと出るわけだ。先輩は野次馬なんかではなく、関係者だったのか。

合点がいくと、いつの間にやら雲雀野が俺の裾を摘んでいた。どうやら先輩には聞かれたくないようで、何やら小声で喋っている。

「私が事件の一部始終を聞いたのも、その時。そこの犯人と陸上部の顧問が談笑してたの」

それは盗み聞きってやつじゃないですかい、自称探偵さんよ。あとな、お前はいつまで先輩を犯人呼ばわりするんだ、こら。

「どうかな、他に訊くことはない？　小さな探偵さん」

笑顔で促す上級生に、目を合わせようとしない下級生。

はい、でました。雲雀野八雲、推理妄想癖に続く悪癖の一つ——人間不信。これがあるから助手なんて役割を必要とし、他人とは上手くコミュニケーションが取れないのである。

雲雀野は、いちいち人を疑い過ぎるのだ。怪しい行動があったら見逃さず追及する。その結果、疎まれるのに慣れてしまい、他人との距離感を過剰なまでに空けるようになってしまった。とは言っても私生活に影響が出る程ではないし、最低限の受け答えはする。『事件』という物騒なワードさえキャッチしなければ、そこそこ活発な女子高校生で通るだろう。

人間不信。それに通じる探偵癖は、いつか治さなければいけないと思う。しかし、それは雲雀野だけに限った話ではない。幼少時から連れ立っている俺にも、反省すべき点が多々あるんじゃなかろうか。

強く探偵を辞めるように言っていれば、きっと――

ともあれ、俺は沈黙を破って先輩に困った微笑を向けた。

「訊くこと、無さそうです。お手数をおかけしました、先輩。証拠になりそうな物も落ちてませんでしたし、校舎へ戻りましょう」

「そっか、じゃあ鍵を頂戴。職員室に返すから預かっておくよ」

「……………」

差し出された先輩の掌。鍵を持っているのは俺じゃない。

「おい。おい、雲雀野！」

「どうぞ」

「はいよ、確かに」

凄んで言うことを聞く内は、まだマシな奴なんだと信じたい。それはそれで、どうなんだろうか。雲雀野が制服の裾を摘み続けている間、俺は後ろめたい衝動に駆られた。

重い金属音と共に、体育倉庫が閉められる。まるで事件の謎も隠してしまうかのように。

一拍の後、五分前の予鈴が告げられる。昼休みは無情にも終わりを迎えようとしていた。

＊

予鈴を聞きつけ、大急ぎでクラスへと戻った俺達が目にしたのは、もぬけの殻となっている教室内だった。

唖然《あぜん》とする俺の脇から、ひょっこりと雲雀野が顔を出す。

「明義……これって、まさか……集団失踪事件⁉」

「んな訳あるか。一人でワクワクしてんな」

おかげで我には返ったが。

慌てて自分の席へと行って鞄を開く。クリアファイルから取り出した時間割に目を通した。理科実験室、音楽室、選択科目——教室を移動するのならば大よその見当はついていたが、それでも俺が見たのは最も準備に手間取る授業だった。

「まずい、体育か。皆、着替えて外に行ったんだ」

「……つまんない。事件だったら良かったのに」

あたかも捕まえた昆虫が安値だった時のように言う雲雀野。そうそう怪奇なことが起きてたまるかってんだ。苦虫でも噛み潰していればいい。

「アホなこと言うなよ。遅刻するかどうかの瀬戸際だぞ。俺にとっちゃ大事件だっての」

「ちっちゃいわね。明義の大事件って、その程度？」

「おうともさ。俺は自分の器ってやつを心得てるんだ。無理も無茶もしない、平穏無事な一生を暮らしたい」

「老けた考え」

「やかましい」

「……ふん、なら早く着替えて行こうよ。急げば間に合うかもしれないし」

「ああ、そうするか——ってオイィ！」

俺は間近でF1を鑑賞するかの如く、速やかに首を背けた。押し潰さんばかりに瞼を閉ざす。危うく網膜に焼き付いたのは、雲雀野の健康的なヘソまでだ。

　思春期真っ盛りな共学である我が校は、当然ながら男女で更衣室が別にある。その内訳として、女子は広々とした教室に留まり、むさい男共は乱雑たるタコ部屋に詰め込まれているのだ。故に雲雀野にしてみれば、教室内での着替えは真っ当な行為と言えるのだが。

「ななな、何で俺が居るのに脱いでんだ、お前は！」

「え？　だって急いでるんでしょ。更衣室まで行ってたら時間が無くなっちゃうじゃない」

「そりゃそうだけど、だけどお前っ、いくらなんでも……だぁもぉ！」

　色即是空、空即是色と念じるも、心のコントロールが利かない。みるみる上昇していく体温。きっと傍から見れば茹で上がったタコのようだろう。

「分かんないわね。そんなに恥ずかしがるようなこと？　小さかった頃なんて、一緒にお風呂だって入ってたのに」

「ねぇよ！　過去を捏造《ねつぞう》するな！　いいから何か服を着ろ！」

「だから体操着になるんだってば。変なの」

「変態が言うな。俺は変じゃない、普通だぞ……！」

話している間も脱衣は続いているようで、衣擦れの音が俺の鼓膜を震わせていた。こいつは男というものを、喋るチンパンジー程度にしか思っていないのだろうか。べらぼうに謎である。

さっき予鈴が鳴ったばかりとはいえ、まだ昼休みだ。生徒が自由に出入り可能な時間帯であることは明白で。うっかり、もし誰かが教室の扉を開けでもしたら、どうするつもりだろう。開けっ広げというか、なんというか。ほんと勘弁して欲しい。せめて扉の死角で着替えるとか、カーテンで隠したりしてくれよ。心臓に悪いな。

「……ね、明義」

と、言いながら声の位置が上下する。突飛《とっぴ》な屈伸運動でなければ、体操着の赤い半ズボンに手を掛けているのだろう。男子高校生を前に平然と着替えている女子高生。

この光景を第三者に見られでもしたなら、俺は変態という不名誉な称号を通り越して『危ない人』との誹りを受けるに相違ない。事実無根な悪者にされるのは、いつも俺だ。

「監禁事件の犯人、誰なのかしらね」

「……さあな。見当もつかない」

俺は意識を削ぐ為、派手にビートを刻む心音を抑え込む。雲雀野に背を向け、窓の外を眺めた。

青い空、そよ風に揺れる木々の葉、白線で円周を描いた広いグラウンド。サッカーのポストに野球用のネットがあり、道路との境を閉鎖的なフェンスと桜並木が囲っている。そこから、つい今しがた行ってきた体育倉庫が視界の隅に入った。地味すぎて取り沙汰されていなければ、おそらく気付きもしなかっただろう。

校庭に、他の物は何もない。

殺風景で、目立たなく――心底どうでもいい。

あたかもそれは、この今朝から続く難事件のようだった。

ろくでもない。

「故意にしろ無意識にしろ、犯人が居るにしても居ないにしても、俺らが関わるべきじゃない。犯人を探し出して、真相を知って何する気なんだよ、お前は。うろたえる犯人が見たいのか？　誰かを追い詰めたって気分は晴れやしない。真実なんてのは、いつだって残酷なんだ。突きつけるだけ突きつけて後は知らんぷりの御随意に。なあ雲雀野……知らなくて済むなら、それに越したことはないだろ」

そういう嫌な思いをするのは、先生の仕事じゃないか――そこまで言い、俺は余韻を作って振り返った。流石に一分も経てば着替え終わっているだろうと踏んだからだ。ハプニングは期待してないぞ、断じて。

「……はは……そりゃ、あんまりじゃないですかい、雲雀野さんよ」

振り返れば奴は居ない。昔、そんなドラマのタイトルがあったような気がする。

俺は一人きりになった教室で、いそいそと体操服に着替え始めるのであった。むさ苦しい部屋の中、野郎と肌が触れそうになりながら着脱するのも嫌だが、これはこれで哀愁を感じさせる。そうだ、授業が終わって戻る時はタコ部屋で着替えないといけないから、制服は畳んで持って行こう。

災難の連続で気が滅入りそうだが、良かったこともある。誰がやってくれたのかは分からないけれど、放置したままだった弁当には蓋がされていた。何気に心配してたんだよな、これ。さっさと面倒なことは済ませ、食べて忘れよう。

不意に疲れた視線を持ち上げると、時計の針は五時限目の開始を知らせていた。まるでチャイムの音までもが俺を嘲笑《あざわら》っているようだ。

＊

「それで、遅刻した理由は？」

「だから、さっきから、言ってるじゃないですか先生。お腹が痛くて、限界までトイレにこもってたん、ですよ」

「それは別の女子生徒から聞いた。で？　本当のところは、どうなんだ」

「信じて、くださいって」

走りながら喋るというのは労力を二倍ほど要する。呼吸のリズムが狂ってしまうのもそうだが、何より隣り合う暑苦しい体育教員との問答が、疲れさせる一端を担っていた。

「具合が悪いなら保健室に行くか？　なんなら、おぶってやらんこともないぞ」

「いえ、平気です。ゆっくりなら走れます。っていうか男同士がおんぶって、気持ち悪い絵面になりそうなんで、それだけは許して下さい」

「はっはは……露骨に言われると傷つくな」

こんがりと日に焼けた肩を落とすも、体育教員の霧丘《きりおか》先生は、俺にペースを合わせて走り続けていた。

髪は短くスポーツ刈りで、がっしりとした黒い地肌と白いティーシャツのコントラスト。トレーニングジムに通うことが趣味――と言われても容易に信じられるほど、鍛えられた筋肉。

ハムスターの回し車のように校外をグルグル周回するだけのマラソン授業において、最後尾に位置する者は区別なく、この体育教員との雑談に付き合わされる。

いつもは無気力な女子一団が後ろのポジションを陣取っているのだが、今日だけは災難を逃れていた。

他でもない、俺という贄が捧げられたからだ。

「具合が悪くなったら、すぐに言えよ。おぶってやるからな」

「……遠慮します」

白く輝く歯から目を逸らす。

この真夏にマラソンとか、気が狂ってる。

なんでも話を聞くに、校長が古い考えの人らしく、『暑い時に走るからこそ心身共に鍛えられる』のだと。是が非でも冷房の効いた校長室から引っ張り出したい。気が滅入ることに、来週には灼熱のマラソン大会も控えている。そんな訳で……この授業は、その予行演習らしい。おそらく全校生徒の八割が、当日の雨を望んでいることだろう。

ガードレールを挟んだ国道で車が往来している。大型トラックが吐き出した黒煙を避けるようにして、正門の時計に目をやると……一週目の記録は九分弱といったところ。空きっ腹で頑張った結果としては上々だろう。

マラソン授業は、最低限のノルマさえ達成すれば単位がもらえる制度になっている。ノルマ自体はスローペースでも余裕で終わるものの、歩いてたり遅刻すれば評価が下がるらしい。誤魔化すことができそうだけれど、残念ながら体育教員が最後尾に付くことによって見張り、タイムキーパーの役割を果たしていた。

なにも生徒と一緒になって走らなくても良いだろうに。

俺を見捨て、ちゃっかり授業に間に合った雲雀野は、遥か前方で外の景色を満喫しながらランニングしていた。中学で培われた運動神経は健在らしい。こちとら空腹で力が出ないんだよ、うらめしや。

「がっかりだ。こう見えても学生時代は、男女問わず慕われてたんだがな」

ありきたりな自慢話を無視しても良かったけれど、波風を立てない信条である俺は、旨く話題を切り替えて応えた。

「……そう言えば、霧丘先生の母校って、どこにあるんですか？」

「うん？　ほら、そこだ」

顎先で指し示されたのは、校内に植えられた桜並木。入学当初は咲き誇り、紙吹雪のように舞っていたピンクの花々は、今となっては影も形も残さず緑色の葉をつけていた。

「ははぁ、さては森で育ったんですね？」

「どうしてそうなる。大先輩に向かって敬意はないのか、お前は」

「冗談です。霧丘先生って、元々この学校の生徒だったんですね。教員になってから、移られてきたんですか？」

「いや、赴任して来たのは、つい四年前だな。色々と様変わりしてて驚いたもんだ。

数年も土地から離れると、どこもかしこも微妙に違ってる。町は華やかに開発されてるし、校舎は少し黒ずんだ。ほんの数年間なのにタイムスリップしてきたみたいだったよ。そうなると人間、不思議と懐かしい雰囲気に浸りたくなってな」

「……だから、陸上部の顧問を？」

「はは、まあな。男女比がひっくり返ってて面食らったが、ＯＢとしちゃ後輩に教えたい」

それとなく鎌を掛けてみたが、当たっていたか。日焼けの跡からして、水泳部や野球部では無いだろうと思っていたんだ。

俺は腕と足の振りを大きくした。こういう時、詳しく訊きたいとペースを落とすのは逆効果だ。霧丘先生は「お」と出遅れたものの、あっという間に追い付いて足並みを揃えた。心なしか、やる気を見せたことに嬉しそうだ。

「どうでした？　陸上部の実力は」

「ふむ……悪くは、ないな」

「その物言いだと、良くもなさそうですけど」

「そんなことはないぞ。伝統ある陸上部として、ちゃんとした成果は残している。ウチ目的で入学する生徒だって少なく無いしな。ただ……」

僅かに言い淀んだ霧丘先生は、抜けるような青空を見上げた。

「スポーツマンシップに、難ありだ」

言い換えれば精神論。なるほど。結果ではなく、過程。成果ではなく、姿勢の問題か。

「例えば、だな。お前の得意とする種目にライバルが居たとしよう。そいつが隣で走っていたからこそ、お前は負けじと肩を並べることができる。そういう関係の競争相手だ」

霧丘先生は緩やかに加速をしていく。俺も息を切らせながら、離されないように続いていった。

「そいつは物静かで言葉少なだったが、ぼそりと的を射たことを言う性格だとしよう。対して、お前は人望厚く頼りにもされるが、どこか気が抜けていて細かいミスをする」

「正反対の、二人ですね」

「そうだな。だから些細《ささい》なことで何度も衝突してきた。その度、勝つのは勿論――」

「競争相手の方、ですか」

先生は頷く。

「極度の正論は人を傷つける。なまじ正論相手じゃ、悪口ぐらいしか言い返せないしな」

「確かに。俺だって大勢の前で指摘だけされたんじゃ、もう関わろうともしたくない。恥をかくだけバカを見る」

　意図を汲み取った俺に、霧丘先生は少しばかり微笑んだ。

「別に喧嘩するのが悪いってんじゃない。ただ、喧嘩をした後も分かり合えないのが、悪いんだ」

「……スポーツマン、シップ」

「そう。試合の後は、互いを尊重して熱い握手。それが美学ってもんだろう」

　趣味が読書とパズルの帰宅部に同意を求められても困るが、気持ちは分からんでもない。敵対心を向けるのは、あくまでも試合上、論争上の中でのみに留めたい。それが済めば、後腐れ無く綺麗さっぱり忘れよう。すこぶる体育会系の考えだ。

「でも、因縁っていうのは、どうしてもあるでしょう」

「うん、そこが難しいところだな。正しさに筋違いな因縁を吹っ掛けられ、片や一方は周りの体裁を気にして非を認めることができず、それぞれが遠ざけ合う。磁石と同じなんだよ、あいつらは。性質は根っ子のところで似て、背中合わせに反発している。ただ強さを否定できず、また弱さを肯定できないだけなんだ」

「体育教員っぽくない、言い方ですね」

「文系も理数系も苦手なんだがな」

「それは、なんとなく分かります」

苦しい。動悸がする。相槌を打つのも辛くなってきた。ももの筋肉が熱を帯び、脇腹が締め上げられるようだ。とっくに最後尾からは脱していたが……俺自身、まだ先生の話を聞いていたかった。霧丘先生も話に熱中しているのか、今日ばかりは最後尾に合わせてペースを落とす気は無いらしい。

「ほんの少し、見方を変えるだけでいい。意外な一面を発見するとか、持ち味みたいなところを。そうすれば、溝を埋め合える仲間になれると思うんだが……お前なら、どうする」

「どう、と言われても」

思いがけない質問をされ、俺は返答に詰まった。

仲違いの修復。仮に、俺が誰かと決裂な間柄になったとして、俺はそいつに近づこうと思うのだろうか？

いいや、不干渉を選ぶに決まってる。険悪になるのが分かっていて、わざわざ頭ごなしに絡むような真似はしない。

喧嘩だって相手が居るからこそ成立するんだ。双方とも、敵対視している。自分を認めさせたい、正しさを分からせたい——競争相手を負かし、優位に立つ。だけれど互いが、そっぽを向いていたら話し合いにもならないだろう。

どうしたって無反応を貫く。どう考えても無関心を装う。どうしようもなく無視を決め込む。

こいつは端から無理難題だ。

好きになることを強いられたり、誰かから何かを言われて、自分自身に背くのも違う気がする。それでは本当の意味で仲良くなったことにはならないだろう。ましてや、そんな気軽に人を好きになれるほど、これは単純な話じゃなさそうだ。

「………」

額に浮かんだ球の汗が、頬を伝って流れ落ちる。

いつの間にか、少し前には雲雀野の姿があった。考え事に集中していて気付かなかったが、どうやら最後尾から追い付いたようだ。俺と同じく、珍しいことに雲雀野も肩で息をしながら走っていた。チラチラと後ろを振り返り、負けじとスピードを上げていく。勝負なんて俺はしてないんだけどな。

校舎の隅を曲がり正門が見えてくる。この微妙な上り坂になっている直線が、時間的にラストスパートとなるだろう。霧丘先生も心得ているらしく、ことさら勢いを増して足を動かした。

そうだな。だから、俺だったら。

もはやマラソンのペースじゃない速度で風を切り、俺は最後の力を振り絞った。

そうして辿り着いた答え。ゴール。

俺と霧丘先生は駆け足を止めた。途端に足の熱が脈を打って痺れに代わり、そこかしこへと広がっていく。

俺は息を吐くのと一緒に、途切れながら言葉を紡いだ。

「……矛盾してますけど、好きになる為に、『お前なんか嫌いだ』って、そう言ってやります。そこからが、ようやくスタート地点な、気がします」

「おっと、熱いな。それに、悪くない……中々、いい答えじゃないか」

既にノルマを達成したのか、正門前には何人かが腰を下ろしていた。その中には雲雀野の奴も居る。全力疾走した代償か、ヘトヘトになり体育座りで荒い息遣いをしていた。どうにも俺に対し俯きがちに睨んでいるのは、気の所為だろうか。

「よーし皆、お疲れさん。適当に休んだら着替えに行ってもいいぞ」

足が棒だ。言われなくても、そうするさ。俺は膝に手を当て深呼吸を繰り返した。

ああ、疲れた。真面目に走ると、こんなにも体育って辛かったのか。

流石は陸上部の顧問。霧丘先生は余裕そうな面持ちで、足踏みをしながら最後尾を待っていた。顔は遅れてきた女子グループに向けられているものの、声だけが返ってくる。

「どうするのが良かったのか――なんてのは先生にも分からない。正しさの証明は、個人感情じゃなく周りの奴等が決めるからな。多数決の前じゃ、大抵の事実は捻じ曲げられて有耶無耶《うやむや》だ。うん、だから、そう。本当のことなんか分かりゃしない。もっとも、一対一なら話は別だがな。一つだけ言えるとすれば」

先生は無条件で男女から慕われそうな、爽やかなグッドテイストスマイルを浮かべた。

「お前は仮病だったってことぐらいだ」

*

ミステリー好きであれば耳にしたことがあるだろう。ノックスの十戒、ヴァン・ダインの二十則に然り。自意識過剰な探偵、雲雀野八雲を納得させるだけのルールは、大きく三つに分類される。

一つ目は動機。一体何故、犯人が事件を引き起こしたのか。衝動、欲望、責務、使命——何に根ざして犯罪を行うのか。将来は犯罪心理学者にでもなりたいのだろうか、雲雀野はそんなことを気にしているようだ。まあ、そういうのは主観によって様変わりするんだろうし、俺としちゃ知りたくもない他人の内面なんだがな。

二つ目はトリック。犯行を隠蔽《いんぺい》する為のロジック——と言えば聞こえが良いのだけれど、現実的には精巧な仕掛けを施す必要性があるのか疑わしい。物理トリック、心理トリック、密室にアリバイ……実際、それらを綿密《めんみつ》に考えてセッティングする方が大変だと思う。そんな労力なぞを掛けんでも、そこいら中に迷宮入りの事件は転がり、完全犯罪も蔓延っている。簡単さ。被害者や第三者に気付かれず、証拠という証拠を徹底的に排除すれば、そうら出来上がりって寸法だからな。スパイ映画のようなプロセスを踏まなくとも、陳腐《ちんぷ》だろうと要はバレなきゃいいんだ。もしもバレたのなら、悪者らしく逮捕されたらいい。そこは生涯を賭けたギャンブル、やりたい奴の好きにしてくれ。推理小説にしろ現実世界にしろ、トリックを使ったところで捕まる時は捕まるもんだ。故に、事件と聞けばトリックがあるものだと思ったら、大間違いだと主張したい。

そして肝心要な、最後の三つ目は――犯人。

俺はノートの隅っこに小さく三つのワードを書き、そいつをシャーペンの先で突っついた。六限目の授業は単なる黒板の模写と化し、どうにも脳みそへのインプットを拒んでいるようだ。

学生の本分を全うせず、何をやっているのかというと……それは俺自身にも分からない。

すまん。この期に及んで取り繕うのは止めにしよう。

白状しちまうのならば、俺は雲雀野を納得させる、辻褄合わせをしていた。

何やってんだかな、我ながら馬鹿らしいなと思う。こんなことをして誰が喜び、何を得るのかとも思う。

それでも――

昼休みに見た、しゅんとした雲雀野の顔が、呪いのように頭から消えないのだ。これじゃあ勉強に集中できんじゃないか。膨れたり萎んだり忙しい奴め。喋っても黙っても面倒を掛けてきやがる。

嘆息を漏らす。魔が差すなら今だ。日付でも出席番号でも指されることがない、今日しかない。比較的に静かで考えるのには打って付けな、得意科目の数学。

心のどこかで、俺は抗うことを諦めた。

仕方ない。先生には悪いが、ここから先の授業内容はシャットアウトさせてもらおう。いびきで妨害したり、漫画を読んだりしてない分、いくらか健全だろうから許して欲しい。

準備運動とばかりに首を回す。

さて、パズルを作ろうか。ゆるやかに目を閉じ、耳を閉ざす。何かではなく、己のみに集中させる。真っ黒い視界に無音。そこで俺は昼休みからの出来事を順番に思い浮かべた。

体育倉庫、鉄製の扉、高い窓、分厚いマット、台になりそうなサッカーボール入れ、一日だけの監禁、閉じ込められた陸上部の二人、主将である先輩、部活の顧問である霧丘先生、その二人が話していたのを聞きつけた雲雀野、職員室に立て掛けられている鍵、先輩に対する雲雀野の態度、感じた矛盾、拭い切れない違和感。

まとまりのないキーワードが無数に生まれ、形だけの真っ白なピースになって組み合わされていく。その型となっているのは、今まで雲雀野に散々読まされてきた推理小説の数々。

考えろ。

誰を『犯人』に仕立てあげれば収拾がつき、どのような『動機』が共感しやすいのかを考え、如何様にして『トリック』を労したのか掘り下げる。

言うなれば、それは虚構の産物。推測の域を出ず、妄想にしか過ぎない……だがしかし、俺が求めている答えは真実じゃない。あの『推理小説を読み始めたら絶対に最後まで目を通す』と豪語する雲雀野が納得しそうな理由だ。自意識過剰な妄想癖には、誇大妄想でもって相対す。だからこそ俺は、ありえそうな可能性を淡々とでっち上げていった。

無数にも思える組み合わせ、そして可能性。それらの精査。気が遠くなりそうな試行錯誤。

やがて。

ぼやけて二枚の絵が見えてきた。裏表のリバーシブル。ところどころピースが欠けている。それを埋めていかなければ、絵は完成しない。

ゆっくりと目を開ける。五時限目にやった体育の所為か、どこかクラスの皆は呆けた様子だ。せっかくなので俺も倣うことにしよう。

淀みないリズムでチョークを叩く音が聞こえる。俺は腹に手を当てた。箸をつけていない弁当は、机の引き出しに仕舞ったままだった。

……お腹、減ったなぁ。

帰りのホームルームが滞りなく済まされ、放課後になった。幸か不幸か今週は掃除当番じゃない。

俺は弁当箱を取り出し、鞄と一緒に机の上へと置いた。こうすれば掃除当番の人も気を遣って運んでくれるだろう。シャッフルされた弁当より悲惨なものはないからな。

このまま食べてしまいたい気持ちをぐっと堪え、俺は席を立ち雲雀野の元に赴く。

「おい、雲雀野」

「……何よ、明義」

すぐさま連想したのは、海岸沿いに打ち上げられた漂流者の姿だ。だらしなく両腕を机の前に放り出し、雲雀野は突っ伏したまま言った。

「もう、帰るの？」

酷く投げやりな声だ。思わず慰めてやりたくなる程に、しおらしい。表情まで見ることはできないが、きっと不完全燃焼で不貞腐れているんだろう。

「いいや、ちょっくら用事があってな。まだ学校に居る」

「へぇ、用事？　珍しいじゃない。どうせ、あれね。明義のことだから、屋上で電波の交信でもしてるんだわ」

脈絡の無い奴だとは知っているが、それこそ電波なことを言うんじゃない。俺は無線部にもミステリー同好会にも入部した覚えはないぞ。

「違う」

短く否定し、後戻りが許されない覚悟を決めて、雲雀野に言い返した。

「そうじゃない。事情聴取に行くんだ。難事件のな」

「ふぅん……いってらっしゃい」

興味なさげに、ひらひらと手を振る。余計なことだと思いつつも俺は訊いてみた。

こうなったら後は野となれ山となれ、だ。

「お前は来ないのか？」

「どこに」

「聞いてろよ、こら」

「ん、んー？　待って、思い出すから。えっと、なんだっけ？　うーん……難事件、の……事情……聴取？」

どう表現したらいいのか、雲雀野はビーチフラッグスが開始される勢いで一気に顔を起こし、振り向いた。呆れるくらい現金な奴だ。道端で千円札を見つけたって、こうはなるまい。

「だ、誰にっ、何を訊くの⁉」

食いつき具合が尋常じゃなかった。教室内に残っていたクラスメイトの視線が集まる。これは、あれだ。また何かをやらかすんじゃないかという、畏怖の表れに違いない。誰彼構わず噛み付きそうだしな。

「落ち着け。注目の的になってるだろうが」

なるべくなら目立たない人生を謳歌したい俺にとって、この集中砲火は身を縮めるに値するのだが。

「どうでもいいわ、そんなこと！　明義は黙って教えればいいの！」

「ったく、どっちなんだよ……」

常軌を逸した鋼の羞恥心め。切り替えの早さに笑っちまうよ。さっきまでメランコリックだったお前は一体どこへ消えた？　頼む、後生だから殊勝な面に、もう一度会わせてくれ。

「これから陸上部の顧問に、気になることを確認しに行くんだ」

　いよいよ雲雀野は立ち上がり、猛抗議とばかりに悔しそうな上目遣いで睨みつける。爛々と輝くブラウンの瞳は、欲しい物が買えないでいる子供のようだ。

「ずるい！　明義だけなんて、ずるい！　ずるいわ、私も連れて行きなさいっ！」

　駄々っ子か。

「れ、連呼すんな。結局、やだっつっても付いてくるんだろ」

「当然、助手だけに任せてらんないじゃない！」

「……さいですか」

　焼け石に水を掛けたような、勇ましく弾ける笑顔。なんだかな、重苦しかった胸のつっかえが蒸発される。そこまで喜ぶなら自分の足で事情聴取すればいいのに……とも思うが、それは雲雀野にとって酷な相談だろう。

　そう、雲雀野は軽度の疑心暗鬼であるが故に、まともな聞き込み調査ができない。いや違うか、正確には『人に話を訊くことができない』のだ。やたらと話の腰を折り、容疑者として候補に挙がろうものなら、胡乱な眼差しを向ける。普通は気にしないような言葉の綾でも拾ってしまう。それは情報を引き出すことに長ける探偵にとって、致命的とも言える欠点だ。

　初対面の人物を犯人と決め付け、怪しむ……ともすれば大事なことかもしれないが、せめて心の中にだけ留めておき、真相が分かるまでは表面上に出しちゃ駄目だ。自分を偽ろうとしない雲雀野は、そこら辺の臨機応変さが乏しいのである。

　嫌いは嫌い、好きは好き。怪しそうな奴は、とことん疑う。はっきりしている。だから基本的には立ち聞きしかできないし、他者との会話もおぼつかない――はずなのだが。

「ほら急いで明義、ぼさっとしてたら置いていくわよ！」

　理不尽なまでのリーダーシップを振るっていやがる女探偵様。身近な人から吸収したんじゃないかと思えるくらい、すっかり活力を取り戻してる。雲雀野は教室から出て、足踏みをしながら俺を待っていた。分けてくれないかなぁ、その有り余るエネルギー。

「そんじゃ、行きますか」

　どよめく教室を、すごすごと逃げるようにして抜け出す。はたして級友の目には、どんな風に俺が映っているのだろうか。パワフルなお嬢様に振り回される執事？　きび団子で餌付され、桃太郎に付き従う犬？　いいや良くて山賊雲雀野一味ってとこか。知らんが、そこはかとなく雲雀野とセットだと思われるのは癪だった。

俺は俺であって、探偵が連れ添う助手ではないのだから。

＊

「鍵の管理方法？　知らないわよ、私そんなの」

職員室へと向かう道すがら、ずんずん歩く雲雀野は無頓着に述べた。

「壁に立て掛けてあったから、拝借しただけ。って昼休みにも話したわよね、これ」

「誰かに用途を尋ねられたり、止められなかったのか？　あー……例えば、陸上部の顧問とかに」

「陸上部の顧問って、体育の霧丘先生よね。うーん、ていうか居たかどうかも分からないわ。忘れちゃった。とにかく私は気付かれないように借りたんだけど、流石に何人かの先生には見られてたでしょうね。入る時に『失礼します』って挨拶もしなきゃいけないし。でも別に注意とかはされなかったわ。雰囲気も見て見ぬ振りって言うよりかは、どうぞお好きにって感じだった」

朝の一件があったにも拘わらずか。だとしたら、ここの教員は揃って怠慢だな。

「……じゃあ図書の貸し出しカードみたいに、借りたら記入する用紙とかは？」

「無かったと思う。だけど明義、そんなことやってたら、その紙すぐ埋まっちゃいそうね」

「それでも紛失するよりかは、ずっと良いだろうよ。しかし思ってたより、ずさんな管理方法なんだな」

「そう？　明義が細か過ぎるんじゃないの」

「律儀《りちぎ》な性格だと言ってくれ」

「お堅い性分。もっと気楽に構えればいいのに」

お前が言うな——という台詞は飲み込んでおこう。余計な突っ込みは腹が減る。今の俺では事件の中枢へとスライディングタックルを仕掛ける自称探偵殿に、皮肉を吐くのが精一杯だ。困ったもんだな。

「叶うものなら、そうしたいよ」

俺は朗らかに呟いて、職員室の前で立ち止まった。扉に設置されたガラス張りの小窓を覗き込み、陸上部の顧問である霧丘先生の姿を確認する。

「居るな」

「霧丘先生？」

「ああ、今日も黒光りしてる」

「そ、そんな言い方しないでよ！　まともに見れなくなっちゃうじゃないっ。うぅ……と、鳥肌が。でも私思うんだけど、肌焼き過ぎてるわよね、あれ。どうやったら、あんなに黒くなるのかしら」

「日差しの下で走ってるからだろ」

「絶対それだけじゃない。サロンで焼いてるんだわ」

「そいつはノーコメントで」

他人のファッションには口を出さない主義だ。とやかく言えるほど自分のセンスに自信がある訳でもないしな。

よし、適度に憂さも晴らしたし、行くか。思えば高校の職員室に、こうやって中まで入るのは初めてだ。それなりに緊張した面持ちになってしまうのも仕方ない。そりゃあリラックスもしたくなる。なにせ不良の溜まり場の如く、俺にとって先生の溜まり場というのは、嫌な思い出しかないからだ。中学校時代は色々と迷惑を掛けまくったから、その所為かもしれないけれど。

こういう時は雲雀野の真っ直ぐな性格が羨ましく思う。ほんの、ちょこっとだけだが。

「そうだ雲雀野、ハンカチって持ってるか?」

「持ってるけど、どうして?」

「少しの間だけ借りたいんだ。職員室から出た後には返すから、貸してくれ」

「……いいけど、匂いとか嗅がないでよ」

「嗅ぐか！　犬じゃあるまいし！」

「なら、はい」

手渡されたのは花柄のハンカチ。いかにもな女性用の刺繡が施されている。エキセントリックな言動とは裏腹に、こういうところは妙に女の子だ。俺は受け取ったハンカチをズボンのポケットに仕舞った。

これで準備完了だ。

微妙な力加減で二度ほどノックして、ベージュ色の扉を開ける。

「失礼します」

俺に続き、雲雀野も職員室へ入って扉を閉めた。教室と違って落ち着いた静けさだ。室内を見渡すと、先生方が卓上でノートパソコンの操作をしていた。小テストでも作っているのだろうか、こちらを気にかける様子は無い。仕事熱心にテスト用紙を量産しているのかと思うと、文句の一つでも言ってやりたくなる。

「雲雀野、体育倉庫の鍵は？」

「こっち」

手招きで案内されたのは、ずらりと壁沿いに横並びで貼り付けられた、フックのある所だった。そのフックには鍵が掛かっており、どこの物なのかシールで名称が書かれている。無用心とも思えるが、この中間辺りの位置にあれば誰かの目には留まるだろう。

「体育倉庫の鍵は……もう無いか」

「部活動で使うから誰かが持って行ったんじゃない？」

「だな。それじゃあ後は、霧丘先生に話を訊くか」

「ん」

と返事を言って、そそくさと俺の後ろに回る雲雀野。どうやら『お前が話せ』ということらしい。自分の口下手さを弁えているとはいえ、とんだ探偵様である。

霧丘先生はパソコンの画面とキーボードを交互に見て、おぼつかない手つきでキーを打っていた。あの有り様では書類作成にも時間が掛かってしまうだろう。それなら手書きで書けばいいのものを、最近の教師にはパソコンスキルが必須なのか、懸命に打ち込んでいるようだ。

「明義、行かないの？」

「……声を掛けづらいんだ、察しろよ」

「分かるけど、それじゃあ何の為に職員室まで来たのよ」

雲雀野にしては常識的なことを言われた。このまま帰ったんじゃ、鍵の管理方法をチェックしに来ただけになってしまう。それでは本来の目的を達したことにはならない。ほぼ解答が出ているとはいえ、パズルのピースは多い方が良いはずだ。

個人的には、苦言も呈しておきたい。

俺は躊躇った挙句、無言のまま霧丘先生のデスクへと足を運んだ。

「霧丘先生……少し、よろしいでしょうか」

「うん？　おぉ、お前らか」

こちらを一瞥した先生は、忙しそうに再び液晶モニタと向かい合った。

「すまんな、手が離せなくて。何か急ぎの用か？」

「いえ、大した用件じゃありません。ちょっと尋ねたいだけです」

「どうした」

「実は晴澤先輩と話したいことがあったんですけど、見当たらないんです。先輩のクラスや部活も覗いてみたんですが……居なくて」

ちまちまとキーボードを押していた人差し指が、止まる。

「どこか心当たりとか、ありませんか？」

「ああ……あいつなら帰ったぞ。なんでも具合が悪いとかで、早退させたが」

画面を見詰めながら、淡白に答える霧丘先生。

「そうですか」

間隔を空けずに言う。そうだろうとも。分かっていたさ。これで目当ての証言は得られた。

「それじゃあ明日にでも渡すことにします、このハンカチ。すごい勢いでトイレに駆け込んでいったので、ぶつかった拍子に落としたのも気付かなかったみたいです」

ポケットから取り出したハンカチを見せた瞬間、すました先生の表情が強張っていく。俺の勘違いでなければ、問題と過ちに思い至ったのだろう。

「だな、それがいい」

「はい。お忙しい中、お騒がせしました」

俺は軽く頭を下げて後ずさり、踵を返す。と、真正面には雲雀野の仏頂面がアップで映った。わざわざ背伸びせんでも良かろうに。もうちょっとで危なかったじゃないか。

「ちょっと明義、話が違うじゃない。事件の事情聴取は？」

くすぐるようなヒソヒソ声も何のその。俺は雲雀野を横切り、職員室から撤収した。

「……失礼、しましたぁ」

うっぷん満載な挨拶で扉が閉められたかと思うと、一目散に詰め寄ってくる雲雀野。俺の記憶が正しければ、その気迫は柔道家が乱取りをする時のようだった。おっかない。

「ん？　ああ、サンキューな。返すぞハンカチ。なんか可愛いの使ってるのな、お前」

「もう、そうじゃなくて、どういうことよ！」

山賊もかくやという感じでハンカチが奪い取られる。雲雀野は逆上寸前なのか、顔を赤くして極めつけに怒鳴り声だった。ここが職員室前だということを、もっと気に掛けて欲しい。

しかし俺は、そんな雲雀野をあえて逆撫でするかのように、成し得る限り素っ気なく応えた。

「何が」

「とぼけないで！　取り調べが済んでないじゃない！」

「んな警察みたいな真似、教師相手にできるかよ」

「じゃあ、どうしてっ」

雲雀野はヒステリックに俺の襟元を引っ張る。その憤りが、タイムアップを告げていた。自己解決させる猶予も、ここまでか。

情報は出尽くした。あと不足しているのは、推理や考察へ結びつける為の、直感と妄想。

「……黙ってないで、何か言いなさいよ」

釈然と、してないんだろうな。モヤモヤして、頭に霞が掛かったようなんだろうな。

だけど心配するな、お前は必ず解き明かす。俺が導く、そうさせる。

ここから先は解決編だ。いつもみたく、お前は好き勝手に妄想してくれればいい。

それだけで、澄み切った青空のようにスッキリするはずだ。

何故なら――

「なあ、雲雀野」

謎解きは、探偵が最も活躍する、晴れ舞台なのだから。

「状況分析、してみないか？」

＊

職員室前という心情的に気まずい場所を移動し、立ち入り禁止区域に指定されている屋上――手前の踊り場。ガラス窓から射す夕焼け色の照明だけが、狭い空間を包みあげる。放課後ということも相まって、こんな変哲もない所に身を置く暇な輩は居ない。

「それで？　今回は、どう分析するのよ、明義」

俺と、あからさまに食って掛かる、こいつを除いては。

「……どうもこうも、ちょっとは落ち着こうってだけだ。情報が多すぎて混乱しちまうのは、お前も望んじゃいないだろ」

「ふん」

訝しげに鼻を鳴らすも、大人しく俺の二の句を待つ雲雀野。推理に行き詰った時、こうして状況を分析するのは、何も初めてというわけじゃない。一から順繰りに見直すことで、見落としていた点に気付くことなんて、ままあるだろう。いわゆる発想の転換、加えて直感と閃き。俺は難事件が起こる度に、そいつを促しているだけだ。

決して助手としてではなく、あくまでも友人として。

「とりあえず事件の客観的な事実から、まとめるか」

「…………」

真一文字に口を結んだまま返事がないので、勝手に進めさせてもらおう。

「まず被害者は二人。陸上部の二年女子、雨甲斐先輩と晴澤先輩だな。事件内容は、昨日の放課後から今朝に掛けてまでの監禁。犯行手口としては……まあ、これは予想になるんだが、おそらく先輩達が片付けている隙にでも鍵を掛けたんだろう。時間帯にして薄暗い放課後、それも勢いよく扉を締めれば、顔を見られる心配なんてないしな。もしくは倉庫内に人が居るのに気付かず、誰かが鍵を閉めてしまった、ただの事故か。いずれにせよ、こうして先輩達は閉じ込められた。そして脱出しようにも、体育倉庫の中には内外から鍵の掛かる鉄製の扉に、ジャンプしたぐらいじゃ手の届かない窓があるだけだ。二人は仕方なく諦めて朝を待ち、無事に救助されてからは……学校を早退した、と」

「犯人も動機も、これだけじゃ分からないわね」

「そう結論を急ぐなよ。俺だって分からないから、こうして知恵を絞ってるんじゃないか」

「だって！　でも、情報が多いって明義は言ったけど……全然、足りてないじゃない」

「そんなことはない。むしろ溢れている。お前が今日出会った人達全員を怪しんでるのと同じくらい、俺も不審な点だらけだ」

「……例えば？」

「例えば体育倉庫の鍵。差し込みタイプの錠を掛けるには、絶対に鍵が必要だ。なら先輩達を閉じ込めた犯人は、一体どうやって体育倉庫の鍵を手に入れたのか、とか」

「……あっ」

あ、じゃねぇよ。今頃になって気付いたんかい、この探偵は。

「そ、そんなの、あの部長よ！　陸上部の部長が鍵を持って行ったんだわ！」

照れ隠しのつもりか、雲雀野は頬を上気させて言い返した。すかさず俺も切り返す。

「ほっほぉ、なるほどね。そう言うからには動機、考えているんだろうな？」

「そ、れは……嫌がらせ？」

「可能性としちゃ無きにしも非ずだけれど、根拠は？」

「……意地悪。思い付きって分かってて訊いてるでしょ、明義」

「だったら思い付きで赤の他人を犯人に仕立てるなよ、雲雀野」

下らない応酬で茶を濁す。万が一にでも、このタイミングで閃かせるわけにはいかない。

「見てきた通り、体育倉庫の鍵は職員室内で管理されていた。教師陣の目を盗んで借りようと思えば、お前が昼休みにやってのけたようにできなくもない。まあ、例え堂々と鍵を借りたって、呼び止められることも無いんだろうけど」

「それって、つまり……誰でも犯人に成り得るってこと？」

「いちいち鍵を戻していたんなら、そう言えるのかもな」

わざとらしく肩を竦める。とても曖昧な含み。我ながら大根役者っぷりが馴染んできたのかもしれない。

「鍵さえあれば、誰にだって先輩達を監禁する機会はあると思うぞ。俺にも、お前にもな」

「待って！　そう言えば、ついさっき確認した時は、もう鍵が無かったわよね。部活動で使うから借りたんだとして……もし、最後まで持ち続けていたのなら！」

「だから短絡的に結びつけるなよ。そんなもん、ただの返し忘れってこともあるだろ？　たまたまだよ、たまたま」

「偶然――だけど、そうじゃないかもしれないわ」

雲雀野は眉間に人差し指を当て、その肘を空いている方の手で抱えるような姿勢をとった。名実ともに悩ましいポージング。ようやくミステリー用の妄想スイッチが入ったようだ。

「ねえ明義……体育倉庫の鍵を借りるのって、どんな人なのかしら？」

「そりゃお前、用具を使う奴だろうよ。サッカーボールが必要ならサッカー部、ネットを含めラケット一式ならテニス部、野球道具……は専用の部室があるんだっけか」

「それにハードルやライン引きは、陸上部」

「……そうだな、それだけ数があるんなら、誰が鍵を持って行ったって不思議じゃない」

「うん、でも返す時は別。開けられる候補は沢山居ても、閉められるのは一人だけ。一番最後まで、体育倉庫を使う人。一番最後まで、練習熱心に部活をやっている人」

「……話は分かるが、それでも状況次第だな。大会前なら、どこの部活だって遅くまで残るだろ」

「ふぅん……大会、ね」

したり顔で、雲雀野は言葉尻を拾った。

「もし明義が陸上部の部長や顧問だったら、練習の結果だけを重視する？　他の、例えば学校行事であるマラソン大会の成績なんて、どうだっていい？」

「さあな、わかんねぇよ。俺は部長でもコーチでもないんだからな。競技種目にもよるだろうし。だけどまあ、期待値が高ければ高いほど、面子ってのはあると思う」

「そうよね、守ってきた伝統――沽券に関わるもの。入部したばかりの一年生だったならともかく、二年生や三年生なら……もっと言えば、より期待されている部長候補なら、学校行事だろうとアピールするチャンスになるわよね？」

「どうだかな」

「それに思い出してよ、考えてみてよ、明義。閉じ込められたのはサッカー部でもテニス部でもないわ、二人とも陸上部なの。それなら、まだ他の部員が残っていたとしても全く不自然じゃない。いいえ、不自然どころか最後まで残ってた確率も高いんじゃない？」

「だとしてもだ、仮に陸上部の誰かだったとしても、誤って鍵を掛けたのかもしれないだろ。そいつは、どう説明するんだ」

「じゃあ逆に訊くけど、明義は外が暗くなってきた程度で、体育倉庫の中に居る人を見逃すの？　あんなに狭かったのに」

「……いいや。自分で言っといてなんだが、夜目が利かなかったとしても物音くらいは聞こえる。よっぽど呆けてない限り気付かないことは無いな」

「でしょ？」

「断定はできないけど」

「もう、またそうやって……明義って何かと事故で片付けたがるわよね」

「低確率だろうと可能性が残ってるなら、俺は平和的な道を信じることにしてんだよ。推定無罪、疑わしきは罰せず、だ。お前と違って面倒事は御免だしな」

「刺激の無い人生なんて、つまらなくない？」

売れないジャーナリストみたいなことを言い始めたぞ、こいつ。

「刺激にも種類があるだろ。俺は自分から辛口のカレーにワサビを放り込んだりしないの。甘口くらいの刺激で十分なの」

「カレーにワサビ……どんな味になるのかしらね、それ」

「試そうとするなよ。食った後が大変だぞ」

と、釘を刺して本題へと戻る。

「整理するとだ。それじゃあ何か、お前は……陸上部の誰かが犯人だって言いたいのか？」

「誰か、じゃないわ。正確には、体育倉庫の戸締りをするだけの、責任を持てるような誰かよ。無くしたら困る大切な鍵を預かるんだもの、雑用だろうと入部したての一年生にはやらせないでしょ。私の推理では、部長か顧問か……もしくは、同じだけ信頼の置ける部員が怪しいわね」

それは確実性や現実味から割り出された、消去法。余分な外層を削ぎ落とし、要らん邪魔者は度外視し、真ん中に残ったピリオドのような点こそが真実。推理と呼ぶには些《いささ》か穴だらけとも言えたが、ひょっとすると刑事や探偵達の思考も、大差ないのかもしれない。

よし、だいぶ絞られてきたな。いい調子だ。

「にしてもリスキーな真似をする奴も居たもんだな。たった一日だけとはいえ監禁だ、バレたら停学ものだろ。それ相応のメリットがなけりゃ、んな危ない橋、怖くて渡れないぞ」

「……そこなのよね、気になるのは。だって一日よ？　脅しにしても嫌がらせにしても、短くて中途半端だわ」

「ああ、強いて目立った被害を挙げれば、晩飯が食べれなかったことに、学校を早退させられたってところか。悪事としちゃ大それているんだが、いまいち悪意に欠ける。それに被害者が二人ってのも引っ掛かるよな。閉じ込めておくなら、一人きりの方が脱出される危険性も減るし、何より効果的だろ。犯人は、どういうつもりで一緒くたにしたんだか。雨甲斐先輩と晴澤先輩に何かしらの関係性がある、ってのが疑わしくなるヒントまで匂わせて」

「……うーん、雨甲斐先輩に晴澤先輩かぁ。明義、二人の共通点ってある？」

「と、そうだな……」

　俺は顎に手を添え、いかにもな険しい表情で——考える振りをした。

　今日の昼ご飯、確か卵焼きにウインナー、それに残っていた煮物だったな。ご飯は汁気が付かないように、アルミホイルで包み、おにぎりにした。夏が迫り暑くなってきたとはいえ、夜までは保存が利く。疲労困憊するまで頭も体も使ったんだ。冷めていようが空きっ腹に食べる弁当は、さぞ染み渡るだろう。いっそのこと弁当じゃなくてもいい。この際コンビニに売ってる駄菓子でも構わない。とにかく何でもいいから腹に入れたい。空腹は最高の調味料だと言うが、その言葉を初めて発した人物は相当に飢えていたはずだ。今の俺には胃痛がするほど共感できる。

「……んー……」

いかん、よだれが出てきそうだ。このモノローグはレモンや梅干よりも効果があったらしい。違うことを考えよう。

共通点と言えば、どうやら俺と雲雀野の接点は幼稚園の入園時にまで遡るらしい。なんでも入園式の会場で知り合った両親達が意気投合し、さらには家が近いこともあってか、さながら流れ作業のように俺達はペアを組まされたんだとか。まあ親としては一人より二人の方が安心できるんだろうが。

雲雀野が探偵に憧れてからというもの、幼小中高と助手という名の損な役回りを押し付けられた身としては、いい迷惑である。年齢を重ねていくにつれてトラブルの規模は大きくなるし、とばっちりを受ける人数も右上がり。ここらで改善を図っておかないと、直感的に本気で良からぬことになりそうだ。

ふぅむ、何故だろう。当時の記憶はコンビニのレジ袋並みにホワイトアウトしてしまったわけだが、少なくとも出会った頃の雲雀野は、ここまで無鉄砲な弾丸娘ではなかったはずだ。

俺はレジ袋を引き伸ばすようにして、過去の記憶を思い起こしてみた。男女の垣根もなく、面白い奴かどうかで友達を選んでいた、あの頃の俺と。

『あきよし、くん？　えっと……はじ、はじめましてっ！』

今より素直で、もっと純粋に他人を信じられる。ひと目で、そう思わせられるような、そんな真っ直ぐな――雲雀野八雲。

「ワクワク、ドキドキ」

それがなぁ……今じゃ残念な方向に成長しちまって、口で擬音を言ってんだもんな。しかも友達以外の他人には、容疑者というレッテルしか貼らないんだから始末に負えない。世が世なら偽証罪で牢屋に入れられてるぞ。

さてと。

そろそろ可哀想か。もし犬にでもしたら尻尾を振ってそうな、期待に満ちた眼差しを向ける幼馴染に、散々押し黙って練った解を送る。

確か雨甲斐先輩と晴澤先輩の共通点、だったよな。

よし、これにしよう。

「二人とも女の子だ――ァイダダダダダダッ!?」

しらばっくれた瞬間、おもむろに雲雀野が密着してきて手首を掴み半回転。極まった。

お前が得意なのは柔道だろっ、立ち関節技なんて卑怯だぞ！

「まーじーめーに、答えないと酷いわよ？」

「現在進行形で酷い目に遭ってるんだが、それは！」

「ふんだ、知らない、バカ」

日本国技である柔道に対し、タップアウトで意思表示を伝えるも、柳に風の如し。おのれ、どうして筋力差じゃ太刀打ちできない格闘技をチョイスしたんだ雲雀野め。これでは仕返しができないじゃないか。あぅ、レフェリー、居たら助けてくれ。

「ひ、雲雀野さん？　心なしか、いつもより締め上げてません？　やだなー、お茶目な冗談、通じなかったのかなー」

「……どうしよ、脱臼ぐらいなら問題ないわよね。利き腕じゃないなら普通に生活できるし」

コミカルな軽口を聞き捨てた自問自答。目を細め遠くへ語り掛けるかのような小声に、俺は背筋から凍りついた。

「わ、分かった。ちゃんと言う、言うから！」

情状酌量の余地が残っていたのか、雲雀野は訴えかけに応じて手を放すと、半歩下がった。むくれた表情が、せっかくの美顔を台無しにしている。

「もう、ふざけてないで初めから言いなさいよ！　時間が勿体ないじゃない。もしかして明義、わざとやってるんじゃないでしょうね？」

へえ、鋭いじゃないか。

「まさか」

本当は雲雀野と他愛もない会話で暇を潰すのも、狙いの一つだったりする。あれを見届けるのには、ちょいと時間が掛かるからな。

捻られた手首の感覚を確かめながら、俺は用意していた答えを口にした。

「雨甲斐先輩と晴澤先輩の共通点……それは、次期部長候補という立場だ」

「……まあ、順当よね」

特に驚いた様子は無い。おそらく予想していたものと同じ結果だったのだろう。

「もし犯行の動機が恨みや妬みなら、それしかないわ」

「だな。性格も真逆な二人だったみたいだし」

さらりと付け加えたら、雲雀野が訝しげな目を向けた。

「それ、霧丘先生と話してた内容？」

「ん……あれ。お前、もしかして気付いてたのか？」

「少しだけ聞いてたの、体育の授業中に」

「また盗み聞きか」

「た、探偵である私を抜きに情報収集してたのが悪いんじゃない！　な、何よ、文句ある？」

いいや、むしろ迂回させる手間が省けて助かった。どうやって切り出そうか迷ってたんだ。

「別に文句なんてないし怒ってないって、お説教はしたいけどな」

だから、おっかなびっくり身構えないでくれよ。腹が減ってるとはいえ、取って食ったりしないから。

「で、先輩達のことなんだが……まあ、要するに……そういうことだ」

「分かんない。どういうことなのか、さっぱりね。きちんと明義の言葉で話してくれないと」

さっきの仕返しか、こいつめ。

「不仲だったんだよ、雨甲斐先輩と晴澤先輩は。それも霧丘先生の口ぶりからして相当のだ。寡黙だがズバズバ正論を言って周りから嫌われる性格と、どこか天然で人気者の両極端。二人して次期部長候補で、競技種目も一緒だったそうだから、それがさらに拍車を掛けていたんだろう」

話していて、あまり気持ちのいい内容じゃない。いくら他人事とは言っても陰口のようで気分が悪くなる。それは聞いていただけの雲雀野も同じだったようで、いつもの快活とした表情に影を落としていた。

「……やっぱり変。どこか腑に落ちないわ。ねえ明義、もし今回の難事件が先輩達の部長就任を阻む行為なんだとしたら、もっと違う方法があったんじゃないの？」

「って言うと？」

「友達、部員、顧問、そういう外堀を埋めるとか……最悪、足に怪我をさせて試合に出れなくする、とか」

「物騒だな。関節技で脱臼どころの話じゃない」

「けれど監禁なんてするぐらいの犯罪者なら、有り得なくもないでしょ？　もっと酷いことだって、やろうと思えばできたはずだし」

「………………」

肯定として沈黙を作る。

あと少しだ。ゴールは近い。もう絵の全体像は見えているはずだ。残ったピースを、どこに入れるか。

「なら、これは、そう……この難事件の『動機』は、根深い妬みや恨みじゃない。けれど、ちょっぴりのイタズラでもない。明らかな故意で……それも計画的に、雨甲斐先輩と晴澤先輩を一日だけ閉じ込めて、得をした人が……居る？」

気付いたか。

リスクを冒した見返り――――メリットが生まれる人物。かつ怪しまれずに体育倉庫の鍵を保有でき、先輩達を監禁することが容易で、何よりも容疑者だと疑われない心理『トリック』の罠。そして導き出される『犯人』の名は。

「お、おい。それって、そいつって、まさか」

セオリーには反するが、探偵の決め台詞を先回りさせてもらおう。そのぐらいの役回り、この場に居合わせているのだからあるはずだ。

驚きを隠し切れない体で、張り詰めた顔も忘れずに、喉の奥を震わせて。

「陸上部の……部長か？」

と、俺は思ってもいない嘘を吐いた。

＊

「ちっがーう！　どうしてそうなるのよ、アホ明義！」

雲雀野は口角泡が飛んできそうな威勢でアホ呼ばわりしてきた。

「……え、違うの？」

「論外よ、それだと動機が合わなくなるじゃない！　いい？　この難事件は恨み妬みでもないの。ついでに気まぐれでも悪質な冗談でもね。ちゃんとした目的がなきゃ、こんな大それたこと起こさないわ。あの部長には、それが見当たらないの。部長っていうポジションは持ってるし、もう三年生だから大会に出て引退するだけ。まして性格もバラバラな次期部長候補を二人まとめてイジメる理由なんて、あると思う？」

あれだけ部長のことを犯人扱いしといて、よく言えるな。

「……自分より足が速い二人を許せなかった、とか。どうしてもマラソン大会で勝ちたいから、脅して手抜きさようとしていたんじゃないか？」

「考えられないわね。そうすると今度は犯行と合わなくなる。一日だけの監禁とね。脅しにしたって危険すぎるわ。単に勝ちたいだけなら、不意な事故を装って足を怪我させた方が、よっぽど分かり易いでしょ」

　分かりたくないがな、そんな理屈。高校時代の選手生命を奪うって、かなりの鬼畜だと思う。

「そんじゃあ部活の顧問……霧丘先生が犯人なのか？」

「あーっ、もう、違うってば！　どうして助手なのに察しが悪いのよ！」

　うがーっと綺麗なショートヘアーを掻きむしる。シャンプーの香りが鼻腔をくすぐった。こいつが無造作な髪型なのは、これが原因だ。自分の思い通りにならないと、すぐ髪に手を伸ばす。髪は女の命だというが、あれは嘘に違いない。命を粗末に扱うなよ。その内ハゲて死にたくなるぞ、お前。

「いやだって顧問なら鍵の管理なんざ余裕だろうし、少なくとも部活が終わるまでは残ってるよな」

「だから、可能性を挙げればキリがないの！　今回は犯行の手口だってシンプルなんだし、タイムテーブルも皆バラバラでアリバイ無し。陸上部で鍵の管理ができる誰かってところまでは絞れたけど、それ以上のことは分からないわ。そうなると問題は動機なのよ、動機！」

「……ふむ、顧問が部員を監禁する動機、か」

「思い付かないでしょ？　なら犯人じゃないの、そういうことなの」

あれを除くと、か。あるっちゃあるんだが、その方面に話を振ると雲雀野はもとより俺だって赤面しかねない。学生は健全であるべきだ。下品な奴だと思われるのは御免だし、やめておこう。

「じゃあ一体どいつなんだ。部長でも顧問でもない、それでいて鍵を管理してた奴ってのは」

「決まってるじゃない、そんなの」

さも当然であるかのように、雲雀野は気軽に答える。今度こそ、昨日の夕刻から続く、この事件における犯人の名を。

「晴澤先輩か雨甲斐先輩……どちらかが、犯人よ！」

さぁどうだ、褒め称えろ、とばかりに腰に手をあてがい胸を張る。俺は強調された手の平サイズから、そっと視線を外した。煩悩よ、ここは大事なシーンなんだ、今だけは消え去ってくれ。

「なに自信満々に曖昧なこと言ってんだ。どちらかって……お前な、大雑把にも程があるだろ。しかも二人して被害者じゃないか」

「それを言うなら、『被害者だから』でしょ。今時、被害者の中に犯人が居た――なんてケース、使い古されてるわ」

　殺人ならともかく、これは人が死んでない事件だからな。

「それにしたって、どうやって鍵を……と、そこは言うに及ばず、だったな」

「うん、『扉は内外から施錠できる造り』だから。被害者が目を離している間に、犯人は一気に扉を閉める。後ろ姿しか見せないように鍵を掛けて、こう言ったんでしょうね――『閉じ込められた』って。そしたら被害者には、それが真実になるわ。私達二人が閉じ込められた、犯人は別に居る。ほら、そうすれば居もしない架空の犯人が出来上がるでしょ。自分が被害者になっちゃえば疑われることもないし」

　大根役者以上の演技力さえあれば、一応の筋は通る。

「……でも開ける時は、どうするんだ？　犯人は鍵を使わなくちゃならないだろ」

「どうとでもなるわ。『足音が聞こえる』とか『誰か来た気がする』とか言って、扉に耳を当ててる振りでもしたら、簡単に開けられると思うし。助けを呼んだ振りして扉を叩けば、開錠する音だって誤魔化せられる。そもそも鍵を開けるだけなら、朝まで待つ必要なんてないんじゃない？」

人間、一度でも閉じ込められたと認識したのなら、わざわざ何度も開けようとはしない。無駄な体力は温存しておく。そう考えればば解錠するタイミングは、いつだっていいわけだ。

「犯人にとって重要なのは、自分以外の誰かに扉を開けさせること……それさえ叶えば、被害者のままで居られるわ。閉じ込められた振りをして、後は朝練で体育倉庫を使う生徒を待つだけ。鍵は早退する前に職員室に返せば証拠隠滅。トリックとしては平々凡々だったわね」

その平々凡々な事件に半日以上付き合わされたんだが。俺に何か言うことはないのかい、自称探偵よ。

「それで理由は。お前が拘ってた動機ってのは、何なんだ？　次こそは行き当たりばったりってわけでもないんだろ」

待ってました——と言いたげに爪先を立たせ、得意気な顔を近付ける。雲雀野は、その確固たる自信の源を口にした。

「次期部長候補の、取り消しよっ！」

「……そりゃあ……度肝を抜かれたな」

俺は棒読みで驚いてみせる。まあ、そうだろうよ。そんなことだろうとは思っていたさ。会話の流れからして、しっくりくる据わりの良い位置は、そこだ。

余裕を演出させた俺が気に食わなかったのか、雲雀野は続けざまに推論を披露し始めた。

「この難事件で、私が気になったのは一つだけ。事件の根底。動機と直結した目的。どうして犯人は、一日だけ監禁したのか——その謎、一つきり」

黙って先を促す。

「晴澤先輩と雨甲斐先輩、まるで性格が真逆の二人。皆から慕われてるけれど、おっちょこちょいな人。無口で尊敬されないけれど、いつも正しい人。全然タイプが違う。でも、実力は同等だった彼女達。ねえ、明義……もう一回だけ、質問してもいい？」

「なんだよ」

「明義から見て、部長に相応しいのは、どっち？」

「正論の方だ」

俺は即答する。

「守ってきた伝統があるほど、周りの期待が高いほど、部の存続は正しい奴がやって、統率しなきゃいけない。たった少しの『おっちょこちょい』で、部活動を崩壊させるなんてこと、あっちゃいけない」

「だけど、それは部長や顧問の言い分よね。当の本人は……そうは思わなかった」

その通り。

「だってその人、慕われていなかったんだもん」

極度の正論は人を傷つける。言い方やタイミングを見誤れば、いくら正しかろうと、聞いている側からすれば憎まれ口だ。口下手で、不器用でも。事と次第によっては、敵を作ることになる。今、雲雀野が告げた言葉のように。

「部員の信頼もないのに部長だなんて、私なら願い下げよ。学級崩壊したクラスをまとめるより面倒そうだもの」

部活すら入っていない面倒臭がりの高校一年生が、そんなことを言っていた。

「だから犯人は……監禁なんてしたのよ。部長になるのが、嫌だから」

「ん？　待てよ。監禁したからって部長候補から外れる保証なんて、ないじゃないか」

「ううん、保証ならあるわ。と言うより、積み重ねてきた保険かな。監禁して、監禁されて、でも犯人は見つからない、見つけられるはずがない。だけれど不問にするには大きすぎる事態。そうなったら、問題視されるのは責任の所在よ。誰の所為で先輩達が閉じ込められたのか。その追及。部長も顧問も悩むでしょうね。もしかしたら監督不行届で、責任を取らされて辞めるかもしれないわ」

責任なんて言葉を知っていたのか、お前は。どうして探偵行為の時には考えられないんだか。

「体育の授業や昼休みの様子からして……二人とも、焦ってる感じには見えなかったな」

「つまり名乗り出たんでしょ、犯人が。監禁を解かれた直後に。被害者の皮を被ったまま、『こんなことになったのは、私の責任です』って」

「何でだ？」

「だってね、明義。それが犯人の狙いなんだもの。挨拶を済ませた部活の終わり際、後片付けに誘うこと。被害者を体育倉庫に連れ出すことこそが、犯人の思惑よ」

「……そっか。誘ったのが自分で、その結果監禁されたのなら、犯人の次に責められるのは、そいつってわけか」

「そう、しかも今まで間違いのない正論しか言ってこなかった先輩が、ね。そんな先輩が判断を間違えた。後片付けなんて雑用は、新入部員にやらせれば良かったのに……あろうことか次期部長候補にさせてしまった。やっちゃいけない『おっちょこちょい』、盛大なポカを。そうとなれば、優先順位は入れ替わる。正しさまで崩れたのなら、候補者から外さざるを得ないわ。けれど他の人から見れば被害者だから、そんなに大事にもならないし、今後も部活動は続けられるでしょ」

犯人は被害者になった上で、わざと自分から罪滅ぼしをすることにより、次期部長候補から逃れる。

「なるほど。かくして全ては犯人の思う壺、と」

「ここまでは、ね」

口元に邪悪な笑み、そして雲雀野の目が見開かれる。まるで爆弾の導火線に火がついたように、瞳の奥底は燃えていた。消防隊を呼べ、直ちに鎮火が必要だ。

「おい……一応、訊いておくけど、お前は何をするつもりだ？」

「明日、犯人をはっきりさせるわ！　でもって言うの、『あなたが犯人です』って！」

呆れすぎて頭を抱える。どうしてこうも直情的になれるんだ、こいつは。原始人だって狩りの時には頭を使うぞ。

「ぐうの音も出ないくらい完璧に証明してやるわ。この私を欺こうなんて二十万年早いのよ。ふふん、今から悔しがる犯人の顔が思い浮かぶようねっ！」

嬉しそうにしちゃって、まあ。

「それで？　めでたく犯人は停学か」

「…………ぇ……え？」

何気ない、俺の放った一言が、雲雀野から歪んだ笑顔を奪い去った。

「だってそうだろ？　こんな大事件、前代未聞なんだろ？　学校創立以来の難事件、なんだよな。なら当然、監禁なんて犯罪すりゃ当たり前に、そいつは停学だ。中学校とは違うんだぞ。俺達は高校生だ。義務教育じゃないし、印鑑登録ができて遺言だって残せて働ける」

「ち、ちょっと……明義？」

心ならずも声が低くなる。

目を逸らすな、耳を塞ぐな、首を振るな。凝らして傾け、首肯しろ。

「部活も退部だな。部長候補なんてもってのほか、ただの部員にすら戻れない。ルール違反で一発退場だ。現役バリバリだった陸上選手も、あえなく涙を飲んで引退。もう、この学校じゃあ走れない。いや、それどころか復学しても転校したとしても、監禁した奴を迎えてくれる所なんざ、あるわけないじゃないか」

「ちがっ、私、そんなつもりじゃ……！」

どう違うんだ、受け入れろ。

「もちろん親にも連絡がいくな。家庭内は、さぞ冷え切った空気になるだろうよ。自分の娘が他人を監禁しましたって、そんな事実を突きつけられるんだからな。これだけ計画的な犯行、単なる出来心ってのじゃ済まされないだろうし」

「ち、違うの！　き、聞いて明義」

違わない。お前がやろうとしていることは——探偵のやろうとすることは、そういうことだ。犯人を追い詰め、自暴自棄にさせては人の道を諭してみせる。第三者の、部外者だからこそできる、高みからの主張を振りかざす。

「ああ、停学なんてしたらクラスメイトにもイジメられるんだろうな。ネタにされて、嫌がらせされて、仕舞いには無視されて。可哀想に、せっかくできた友達とも絶交だ。そんなんじゃ勉強にも手が付かないだろうし、卒業までの一年が相当に長く感じると思うぜ。俺なら嫌気が差すな、確実に」

「……ね、ねえ……お願いだから、話を……」

悪いが聞く耳持たんね。大方、犯人を改心させる算段なんだろうが、お前がご大層に嘘っぱちなことを言い触らした後、気に病むのは誰なのか、俺は知ってるからな。

「さっすが自称探偵、恐れ入ったぜ。俺には、そんな人生を狂わせる真似、とてもじゃないが怖くてできない」

「……やめて」

嘘を吐きまくる俺と違って、お前はエイプリルフールにだって嘘を言おうとしない。そんな真っ直ぐなお人好しだからこそ。

「よし、なんなら明日と言わず、今から霧丘先生の所へ行こう。晴澤先輩と雨甲斐先輩、無口な方を教えて貰えれば犯人が特定できるだろ。大丈夫だ、俺が全部訊いてやる。そしたら次は部長と会って――」

「や、やめてってば！　この事件は、もう終わりにするからぁ！」

「…………」

絶叫にも値する声が、屋上前の踊り場に木霊する。やり過ぎた、か？

燃えていたはずの雲雀野の目には、いつの間にか雫のようなものが溜まっていた。男として、何か最低なことをしている気がする。

「こ、これ以上は探偵しない。この事件は、これで終わり。犯人も、どうだっていい。だ、だから帰ろう？　明義」

やっと聞けたな、その台詞が。ようやく肩の荷が下りる。長い長い説得の時間は、終わったんだ。

俺は掻き乱されグシャグシャになった雲雀野の髪を、元通りにしてやった。どうしてそうしたのかは分からない。漠然と、まとまりのない髪が気に食わなかったのか。はたまた立派に務めを果たした自分を褒める代わりに、目の前にある頭を撫でたかったのかは定かじゃない。

置かれた手を払おうとはせず、くすぐったそうに身を捩る幼馴染。あれだけ眩しかったはずの夕日は、今や照明という役割を終え、沈もうとしている。随分と長い間、話し込んでしまったらしい。

「……そっか、そうだな。やめだ。腹も減ったし、今日は帰るか」

「あ、うんっ！」

その、日没間際の光を受けた柔らかな笑みは、心のわだかまりを晴らすに足り得ると感じられた。思わず、つられて笑ってしまいそうなほど。スイッチを切った探偵は、ただの素直な女の子で。

「と、そうだ。俺、図書室に用事があるの忘れてた。借りっぱなしにしてた本、返さないと。雲雀野、悪いけど先に帰っててくれ」

「……むー、そういうのは前もって済ませときなさいよね、明義」

拗ねた顔は、俺のよく知る雲雀野八雲だった。

こいつの探偵癖を治すのが本当に正しいのか、俺には分からない。けれど他人が迷惑しているにも関わらず、どうして探偵行為を止めないのか——その理由くらいは、はっきりさせておくべきだと思う。

例え探偵を否定し続けることになっても、それだけは。

＊

この学校のグラウンドには照明設備が無い。それ故に外で活動する部は日が落ちれば自然と帰宅する。季節が夏なら練習時間が増え、冬になれば減る。明かりが無ければサッカーボールもテニスボールも見えなくなって練習にならないからだ。いくら熱心な部活だろうと、それでは能率も悪くなる。本来なら、薄暗くなる完全下校時刻を待つまでもなく、帰るしかなかったんだ。

ただ一つ、練習方法が走るだけの、陸上部を除いては。

「……そうやって、昨日も鍵を閉めたんですか？」

そいつは、その真犯人は、出会った時のように、驚いて肩を揺らした。突然、何の前触れもなく声を掛けられ、硬直はしていたのかもしれない。だが困惑は、感じられなかった。

「確か……明義くん、だっけ？」

錆びた扉が嫌な金属音と共に閉められる。上着は半袖の白い体操着、下だけ青いジャージ姿の女性は、意を決したのか力強く振り向いた。俺は会釈をして、それに応える。

「どうも、昼休みぶりですね。部長さん」

「……先輩、じゃないんだね、呼び方。あはは、なんか新鮮、そうやって呼ばれるのって。ほら、あたしってば部員からは主将って呼ばれてるからさ。いきなり『部長』とか言われると、会社の偉い人みたいで可笑しくって」

爽快に笑い、陸上部の部長は俺の前に立つ。

「それじゃあ主将って呼び直しましょうか？」

「いいよ、部長のままで。別に嫌なわけじゃないしね、うん。それはそうとさ……」

きょろきょろと、俺の後ろを覗き込む。

「あの探偵ちゃんは、一緒じゃないの？」

探偵ちゃんとは雲雀野のことだろう。えらく可愛く言われたもんだ。本人が聞いたら飛び上がって喜ぶかもしれない。

「あいつは帰らせました。安心して下さい、事件のことも、明日になれば興味を失ってるはずですから」

「んー……事件、事件ねぇ……」

そこで何故か、部長さんは口ごもる。

「どうして事件だって思うのかな」

「それは事件性があるからですよ、部長さん。何かしらの過失があって、それが事故ではないと断言できる。そして誰かを処罰する可能性があるからこそ、これは事件なんです」

「あらら ぁ……なんだか見透かされてるっぽいね。なんでもお見通しってやつ？　ちなみにさ、どこまで分かってるのかって、訊いちゃっても良かったりするのかな」

「ええ、構いませんよ」

俺は頷き、考えた。最短で分かり易い、ピンポイントな一言を。

「……仲良くは、なれましたか？」

「あっははは、すごいね明義くんって。脱帽だよ、あたし」

帽子は被ってないけど、と部長さんはお調子者のように喋る。

「キミも知ってるかもしれないけどさ、そこそこには仲良くなったんじゃない？　あの二人。これからが見物だね」

「……そう、ですか」

「うん、あたしも先生からの言伝《ことづて》だったから詳しくは知らないんだ。ごめんね」

「いえ、そんな、謝ることなんて」

むしろ待ち伏せをしていた俺の方が詫びなければいけないだろう。現行犯で正体を暴く——そんなの推理小説好きである雲雀野に言わせれば、興醒めなオチに違いない。

だけれど部長さんは、気にするどころか気が晴れたみたいに腕を伸ばして、俺を見た。

おどけた風に、口元を緩ませて。

「くぅ〜……あ〜ぁ、バレちゃったか。ま、そんな予感はしてたんだよね、昼休みから。あの探偵ちゃんに『犯人は、あなただ！』って言われた時からさ。それにしても思ってたより早かったけど。まさか一日も経たずにって、そんなのは考えてなかったよ。しかも探偵ちゃんじゃなくて、キミが言いに来るなんて、ね。なんだなんだよ騙された。探偵ってキミの方じゃん」

「いや俺は――探偵でも助手でも、ありませんよ」

そこまで高尚に自分を偽るつもりはない。俺は今まで、表彰台に立つことのなかった人生だった。それは多分これからも変わらないし、変えようとも思わない。

代わりに、表舞台で輝く人達を知っているから。それを傍で見ているぐらいが、面白おかしく生きていける。

裏方で、引き立て役で十分だ。

「……じゃあ明義くん、キミって何者？」

「さあ、自分が何者かなんて分かりません。昔から太陽みたいな奴が近すぎる所為か、やたらと影が薄いんです、俺。強いて言うなら……日陰者ってとこですかね」

そこで部長さんは我慢できずに吹き出した。見た目のクールさとは裏腹に、ツボに嵌まると腹を抱えて笑うらしい。

今の台詞は流石に臭すぎたか。小っ恥ずかしくなってきた。

「あはは、探偵じゃなく、日陰者か。言い得て妙だね。そんなこと言っちゃってるのが特に。でもさ明義くん、あたしがここで惚けたりしたら、日陰から出て丁寧に説明してくれるんでしょ？」

「それは、まあ……律儀な性格的に放っておけないんで」

「面倒見がいいんだね。それなら聞かせてくれない？　キミの推理。ここでサスペンスドラマみたいにペラペラ洗いざらい自白するのもなんだしさ。あたしを犯人だって言うんなら、どうやって証明するのか教えてよ」

面白そうだと、あたかも手品の種明かしを待ち望む子供のように、部長さんは催促した。

それなら、そうしよう。お望み通りリクエストに応えて、答え合わせだ。

「……それじゃあ失礼して、語らせて貰います」

短く咳払いし、喉の調子を整える。

「まず、俺が考えた筋書きは、こうです――この事件は未解決で終わる」

「うわぉ、いきなり敗北宣言かい」

「肩透かしですか。仕方がないでしょう。そもそも被害者が非協力的な時点で、俺と雲雀野ができることなんて高が知れてたんです。王将なしの将棋をやってる気分ですよ、これ。とことん無益だ。唯一の突破口は証言しかないっていうのに、黙秘を貫かれたら手の打ちようがありません。何より、被害者から許されてる犯人は、責められないです」

「……あー、どうなのかな。許されてるかは分かんないけど。あたし、恨まれたって仕方がないことしたんだし。恥ずかしながら、そこまで自信は持てなかったりして。意外と雨甲斐なんかは言い触らしてるんじゃないかな？」

「無いですね……もし部長さんが恨まれているのなら、とっくに噂として広まってます。職員室内がピリピリして、体育倉庫の鍵すら借りられない程に。部長さんだって朝だけじゃなく、昼休みや放課後にも呼び出されているでしょうし」

「おー、やっぱり冴えてるなぁキミは。そういう解釈もあったんだ、気付かなかった。あ、いや、ごめんね度々。話を中断させちゃった上に庇ってくれて。ありがと。改めて続き、お願いできるかな？」

「はい……えっと、まあ、そういうわけでして、被害者が恨んでいない以上、俺が出しゃばって何かをすることはありません。事件の真相は秘密にしておくつもりです。俺と、部長さんと……霧丘先生だけで」

「っ⁉」

　ここまで飄々としていた部長さんが、いやに顔を曇らせた。

「んと、待って。あはは、おかしいな……どうして、そこで霧丘先生の名前が出るのかな？」

　焦り、と表現しても差し支えないだろう。部長さんは一歩だけ身を乗り出して、それに気付き元に還した。まるで必要以上に踏み込むことを避けるようにして。

俺は躊躇わず口にする。

「どうしてって、それは……先生が共犯者だからですよ」

「――――」

理性で抑え込もうとしたんだろうが、意表を突かれた表情までは隠し通せない。

「ち、がう。違うよ、誤解だね。残念、外れ。霧丘先生は無関係。雨甲斐と晴澤を閉じ込めたのは、あたし。全部一人で、やったんだ」

かぶりを振って否定する代わりに、俺は全貌を明らかにするべく言葉を紡いだ。

「昨日、部活動が終わってから、部長さんは二人の部員を監禁しました。おびき出す理由は何だっていい、後片付けでも、体育倉庫の整理でも。どの道、雨甲斐先輩と晴澤先輩は部員である以上、部長の指示には従うでしょう。その二人は共に秀で、部長候補という類似点がありました。そして、もう一つ……看過できない、別の関係性があったんです」

目付きを鋭くした覚えはなかったが、真っ直ぐに送った視線は外される。さっきまでの、悟りきって到達したかのような気配は微塵も無い。恐れ、不安。そんな言いようのない感情が、俺にまで伝わってきた。

「険悪な仲だったんです。それも顔を合わせれば無視するぐらいに。だから部長さんは、あえて処罰される危険を冒してでも、彼女達を閉じ込めた。一晩だけの、朝になるまでの限定された時間ですけれど、二人きりにさせた」

「…………」

「助かろうとする仲間意識、芽生える仄《ほの》かなフレンドシップ。それを植えつけるのが、事件の動機です」

「邪道だね、はなはだ褒められたもんじゃないね」

「ですね。そう思ったから、脱出する選択を残したんでしょう？」

くるんと、不意に部長さんは背を向け、三歩だけ距離を置き、再び俺の方へと振り返った。

「……そこまで見破られてたんだ。あたしもさ、小学生の頃とかに探偵物のドラマが流行ってて、モノマネしたことがあったんだけど、結局無理だったんだよね。一度見た物は忘れないとか、注意深く辺りを窺うとか、知恵を結集させて推論だてるとか。普通の人じゃできないことばっかりでさ、あっさり諦めちゃった。その点じゃキミは凄いけど……そんなとこまで行き着いたら、不気味だって言いたくなっちゃうね」

「言ってるじゃないですか、面と向かって」

「あはは……だね、うん。本心を言えば、不気味かな、キミは。ずーっと馬鹿丁寧な喋り方だし、なんかドラマの登場人物みたいでさ」

部長さんの話を聞いて、俺は中学時代を思い出した。文芸部の長であった――あの人の小言を。

『自覚は大事だと思うんだ。自覚なくして自信なし、自覚なくして自愛なし、だからね。探偵の助手というポジションを拒否し続ける明義くんは、さらに自覚すべきだと警告しておこう。じゃないと傷つくことになる。自分も、大切な人も。いずれは周囲の人間、あらゆる者が。全ては自覚、自分の価値を誤算しちゃ駄目だよ。高すぎても低すぎてもいけない。思い上がると高慢に人を見下し、自己評価が余りに低いと劣等感に塗れてしまう。自分が他人に、どう見られているのか。その自己意識を明確にするんだ。ゆらゆらと揺らめく天秤の均衡を保つようにしてね。思うに明義くんは、もっと自意識過剰にならなくちゃ。え、なんだい？　それなら教えてくれ、だって？　甘えられても困るな。それに、こっちはカウンセラーでもないからね。冷たいようだが、こう言うしか他にない。知らないよ、自分の胸に訊いてみな』

……はぁ……普通じゃない、不気味、か。さらりと傷つくことを言ってくれる。きっついなぁ。

「なら開き直って、三文芝居っぽくさせてもらいますよ。部長さん、あなたは彼女達が脱出できるようにチャンスを作った。それは鉄製の扉――ではなく、窓に」

どうやっても鉄の扉は壊せない。鍵も差し込みタイプである為、ピッキングでも使わない限り開けようが無いだろう。そんな泥棒みたいな道具や技術が、高校生にあるとは思えない。であれば、おのずと思考は窓へと傾いていく。

「さてね。でも高さが足りないんじゃなかったかな。あそこに在る物だけだと、ジャンプしたぐらいじゃ届かなかったよね」

「はい、紛《まぎ》れもなく届きません。どれだけ爪先立ちをしようが跳ぼうが、徒労です。あそこに在った物だけだと、ですけど」

「おっとぉ、それは新事実」

白々しくするのは止して下さい。抜け出せる方法なんて、実行する前から知っていたんでしょう。

「俺が台に選んだサッカーボール入れ……あの腰辺りまである鉄柵状のカゴを使えば、窓にも手が届きます。しかし、あれだけじゃあ無理だ。踏み台として安定していない。コンクリートの床では、キャスターが勝手に動いてしまう」

「コロコロ動いてたら危なっかしいね」

「ええ……なのでサッカーボール入れを、壁と厚いマットで前後に挟んで固定します。そうすれば多少の揺れが起きても、足場として機能するでしょう」

「……まだ、足りないかな。それってキミが探偵ちゃんに手伝わせた時と一緒だよ。

マットを使って、探偵ちゃんの支えが要らなくなっただけで」

「そう、そこなんですよ、部長さん。マットを敷けば、一人分の役割が減るんです。減った人には、別の役割を振ることができる。将棋で取った駒を扱うように、余った一人には、肩に乗ってもらえばいい――幸い、窓が備え付けてあるのは壁際です、天井というわけじゃない。下で踏ん張る人は壁に手を付くことによって、より強固に支えることができます。組体操よりかは、いくらか難易度が低いはずです。まずカゴの上に一人目が乗り、その肩に二人目が立つ。これで三メートル半の高さは補える。互いに協力し合って、肩に足を乗せるなんて条件が、叶えられれば」

　俺と雲雀野、そして部長さんが昼休みに訪れた時、体育倉庫の窓は閉まっていた。密室は綻びを見せず、保たれたまま。結果として、先輩達は協力を選ばずに救助を待った――つまりは、そういうことだ。

　初めて、部長さんは悔しそうな、苛立ち混じりの顔を俺に見せた。

「実際、閉じ込められてみないことには分からないと思うけどさ……ほとんどの人は、キミみたいに頭なんか回らないよ。パニックになっちゃって大変、冷静になるまでには何時間も掛かる。外に助けは呼べないからね。見回りの教師も、こんなグラウンドの端までは行かない。それにスマホを持って走れるほど、ウチの部活ってば温くないし。叩いて、叫んで、願って足掻いて絶望して……どうしようもなく不安になって、心細くて寂しくなって。嫌々だけど、本当に嫌で嫌で耐えられなかったけど、閉じ込められた者同士で話し合った後に、ようやく仕掛けに気付けるんだ。こんな、パズルみたいな組み合わせに、ね」

それは自分に対する言い訳のようでいて、実感のこもった弁護だった。

やむを得ずも協力して脱出するか、朝まで待つかの二択。どちらに転んでも互いを無視することはできない。話し合うことが前提の、採算の取れる賭け。

脱水症状にならないようにスポーツ飲料を置いていたのも、予め脱出しないパターンを考えていたからだ。

まさか、この人も。

「明義くん……あたしはさぁ、どうしたら良かったんだろうね。喧嘩したままの二人を放っておけば良かったのかな。主将として、陸上部の部長として、もっと怒れば良かったのかな」

「……分かりません。分かるわけがありませんよ。俺は、部長さんじゃないんです。その時々に感じた気持ちは、部長さんだけのものです」

仮定の話は、どこまで行っても仮定に過ぎない。あの時、ああしていれば。もしも、こういう風に行動していれば。俺が部長さんや先生の立場だったら——なんて、後悔先に立たずみたいなもので、そういうのは大半が解答の用意されていない出題ミスだ。訊く方も答える方も、最初から正解なんて当てにしてない。俺が部長さんとは異なる提案をしたところで、それが模範となるのかと言えば、おそらくは違うのだから。結末は不動だ、結果は不変だ。考え迷うだけ意味の無いこと、なんだろう。

とはいえ考えずにいられない気持ちは、分かるけれど。

「冷たいなぁ。それじゃ面倒見が良くてもモテないよ」

茶々を入れるも、いまいちテンションが持ち直せない部長さんは、外したままだった視線を俺に戻した。

「だから、さ。話を戻すと、あたし一人で仕組んだことなんだよね、これは。立案も計画も実行も、一切合切あたしの企てでした——で、おしまい。ごめんなさい、反省してます、もうしません。ね、霧丘先生が出てくる余地なんて無かったでしょ？」

何が何でも、霧丘先生だけは関わらせたくないんですね。

けれど、それだけじゃ……どうしても矛盾が残ってしまう。このままだと部長さんの心にも、わだかまりが根付く。

そもそもの発端——雲雀野は、この事件を部長さんと霧丘先生との会話で知っていた。耳を立てて、盗み聞いていた。おそらく結末までは知らなかったであろう実行犯と、それを伝えに来た共犯者との密会を。ならば霧丘先生が監禁騒動を意図的に隠しているのは、理にそぐわない。揉み消す理由が見当たらない。談笑で済ましてしまう、理屈が分からない。正々堂々な、スポーツマンシップとは程遠い。

教師としての、職務を越える何かが、そこにはある。

「被害者の先輩達は、部長さんを恨んではいなかった。意図を汲んでいたのかもしれませんし、信頼していたからなのかもしれません。それは噂が校内に広まっていないことで分かります。先輩達の厚意によって、犯人達は許されました。ですが、それで監禁沙汰が職員室内に広まっていないことには、なりません」

こうすることで、誰が得をするのだろう。少なくとも俺はしない。却って損な役回りだとすら思う。うろたえる犯人が見たいわけじゃない。悪者を増やしたいわけでもない。罪の意識と向き合わせたい――なんて歯の浮くようなこと、言いたくすらない。

だけどこれは、やっておかないと。

「先輩達の親が、黙っていないからです」

部長さんの顔色が青ざめていく。

「歪な家庭でなければ、娘が帰ってこないことに疑問を抱きます。高校生とはいえ、まだ俺達は子供です。社会人として自立していないなら、保護者の管理下にある。一晩だったとしても、そんなこと親御さんは知りません。娘思いなほど心配になり、行方不明だと勘違いし、警察に届け出るでしょう。当然、そうなる前に学校にも連絡はされます。スケールは一気に拡大し、停学、退学、退職どころの話じゃない。正真正銘の事件で犯罪だ。そうならないように、するには。先輩達の御両親を安心させる為には」

俺は、核心をついた。

「部長と顧問からの事前連絡が、必須なんです」

長い、後ろめたくなるような静寂が流れ――

弱々しく、部長さんは空を見上げた。俺もつり込まれて見ると、茜色から群青色へと変わる、幻想的な風景が映っていた。

「あれは、そうだね……うろ覚えだけど、『強化訓練の一環』って名目だったかな。家に帰ったら、そんなことを言われた気がする。そういうことは前もって言いなさい、って怒られたっけ」

「一年前も、そうだったんですか？」

「ああ、うん。流石のキミでも、そこまでは知らなかったんだね。あはは……エスパーじゃないだけ、一段と不気味だけど」

俺が無害だからって言い過ぎなんじゃないか？　そろそろ怒ってもいいよな。

「あたしの時は、今より部活の雰囲気が悪かったんだ。男女の力関係が安定してなくてね、いざこざが絶えない部内だった。部活をまとめるのは男の方が相応しいって、信じてやまない連中が多くてさ。心底うんざりしてた。どっちがやったって大して変わんないってのに。見栄えがどうこう、モチベーションや記録がどうこう、呼称がどうのこうのって……下らないよね。男子の悪口、女子の陰口が聞くに堪えなかった。まあ、先生だけは中立で分かってくれてたけど。いつも中立で、公平に、フェアに接してくれていたけど。それでも、高すぎる隔たりを無くすには……荒治療が必要だった」

「あの……その先、俺が聞いちゃってもいいんですかね」

「構わないよ、やましいことなんか無かったし。あいつも、当時はあたしを避けてたからね。話して協力はしたけど、それ以外のことはしてないさ。あらかた予想は付いているんじゃないかな？　珍しくもない、ありがちな展開だよね、『男女が体育倉庫に閉じ込められる』っていうのは」

「……そりゃあ、創作の中では、そうかもしれませんけど」

だね、と言って部長さんは微笑んだ。作っていない、乾いていない、心からの笑みだったと思う。

「あいつとあたしは朝を待たずに家へ帰って、翌日も学校に行ったんだ。閉じ込めた真意が知りたかったからね。眠い瞼を擦りながら、朝連が始まる前に示し合わせて、霧丘先生を訪ねた。そこで……大人の土下座を、初めて見たよ。多分、今日の朝も同じことをしてたんじゃないかな」

　思っていた通り、そうでないと計画が破綻してしまう。朝一番で体育倉庫を開けるのは、霧丘先生でないといけない。他の陸上部員や部外者には、譲れない役目。

　悪いことをしたなら、誠心誠意、謝る。

「いかにも先生らしいですね」

「ほんとに、そう。あそこまで暑苦しく親身にされるとね、もう恨みとか悩みとか、どうでも良くなっちゃったんだ。あたしも……きっと、あいつも。あの子らもね」

　部長さんの言う『あいつ』のことを訊くのは野暮な気がして、俺は黙るしかなかった。少なくとも今の部長さんの口ぶりから、二人の関係が悪いものだとは思えない。

「しばらくして、いざ自分が主将になると、争いごとを仲裁しても解決にはならないって思い知ったよ。どちらを責めても角は立つし、そのままにしても空気が悪い。溝は埋まるどころか広がる一方で。いよいよ、覚悟したってわけさ」

　他に、やりようが無かったのだろうか。反発する磁石を近づける方法が。

　……反対意見がなければ、俺に批判する資格はない。これで先輩達が仲直りできるのであれば、その答えが全てだ。

「言ってたよね、明義くん」

　動機も、トリックも、犯人も——何もかもを曝け出された部長さんは、懺悔のように縮こまっていた。

「出しゃばって、何かをすることはないって。事件の真相は、三人だけの秘密にしておくって」

「言いましたね、確かに」

すんなりと頷く。部長さんは、ますます怪訝になっていった。

「じゃあ……じゃあさ、どうして、あたしに話したの？　脅しもしないなら、なんで」

「単に、秘密を共有したかったから、です。『話すだけでも楽になる』っていうの、俺は信じてるんで。本当に様子見っていうのもあったんでしょうが、昼休みの部長さん、なんだか思い詰めてる感じでしたから」

「……それ、だけ？」

「大体は」

霧丘先生も同じだ。事件直後だからこそ、自分の選択に間違いは無かったと、他の方法は無かったんだと、誰かの共感を得たかったに違いない。

スタートラインに立つ為には、無視せず嫌いになる。走りながら出した答えも、我ながら過激だと思う。

考え込むようにして、部長さんは目を閉じた。

「うん……うん、訂正。キミは面倒見がいいんじゃなくて、お節介なんだね。あたしの背負ってた荷物、横取りされちゃったかな」

「昔は追い剥ぎ野郎って、よく言われてました」

「あはは っ、ピッタリなニックネームだ、センスあるなぁ」

俺と部長さんは、ひとしきり笑った。自虐ネタも、たまには役に立つらしい。

「あと……これは、ついでなんですけど、部長さんにお願いがあったんです」

「何かな、無茶な要求じゃなければ聞くよ」

「えっと、その、ですね。よければで、いいんですけど」

「……え、なに、いやらしいこと？」

「違います！　そうじゃなくて」

どうした。別にどうってことない頼み事じゃないか。いつもみたいに断られても気にするな。無理を承知で言っちまえ。

深呼吸の後。一拍置いて、俺は口にした。

「ひ……雲雀野と、これからも話してやってくれませんか？」

「……え、うん……んん？」

部長さんは頷きかけた首を、途中で横に倒した。端的に言い過ぎてしまったのだろうか。

「あいつ、見ての通りの人見知りで、しかも一回は犯人扱いしないと気が済まない困った奴で、だから友達も少なくて……高校生になっても、その辺が変われてなくて……でも、だけど悪い奴じゃないんです。根は素直っていうか、無垢っていうか。俺の腕は曲げようとするんですが、曲がったことが嫌いで。と、とにかく、探偵バカで煩わしいかもしれませんけれど、話してみると思いのほか面白いはずなんです、きっと。う、うまく伝えられないんですけど、傍若無人なところを除けば元気で明るくて、その、なつけば小動物的な愛嬌があったりして……」

ああ、ちくしょう。さっきまでスラスラ喋れていたのに、どうしてこんなにも噛みまくってんだ、俺は。

ニヤニヤと、ここぞとばかりに部長さんは満面の笑みを浮かべた。

「いいよ、見かけた時に声を掛けるぐらいなら。キミと同じで、探偵ちゃんってば色々と面白そうだしね。あー……けど、あたしからのお願いも聞いてくれるかな？」

「何でしょう」

「ずっとね、気になってたんだけど。明義くん、キミってばさ、いつから犯人が分かってたの？」

……なんだ、そんなことか。わざわざ改まって訊かれたから何事かと思った。よくある、大して意味のない質問だ。

俺は答える。探偵でも、ましてや助手としてでもなく、日陰者のように口の端を吊り上げて。

「妄想に……いや、想像にお任せします」

「うっわ、悔しいなぁ。この筋書き、もしキミだけで考えたんならさ、ほんと大したものだよね。策士というか何というか……もう推理作家にでもなっちゃえば？」

これもまた、お決まりの台詞。

そんな風に口にした部長さんの表情は、雲一つない青空のようだった。

＊

完全下校時刻が迫ってきている。

ちゃんと互いの名前を教え合い、部長さんと別れた俺は校舎へと足を踏み入れた。教室の明かりは、どこも既に消灯される。俺は肝試しのような薄暗い下駄箱で革靴を履き替え、階段を上った。

一動作する毎に鳴る腹の虫が、念を押して訴える。何か食い物を寄越せ――原始的でシンプルな欲求だった。

高校生と言えど、まだまだ成長期の途中である。昼食と晩御飯を食べたところで暴食には当て嵌らないだろう。

目指すは三階、マイクラスルーム。踏み外しそうな足取りで階段を上りきり、俺は教室のドアを開けた。

「……暗い」

清掃が終わって、均等に並べられた机と椅子が物悲しさを演出させる。と、感傷に浸ってる場合じゃないな。見回りの先生が来ない内に、やることをやっておこう。

電気を付けて居場所を知らせるほど俺は間抜けではない。今は注意をされる時間すら惜しいのだ。念には念を入れ、慎重の上にも慎重を期し、さっさと食って帰ろう。

満を持して自分の席へと向かったが、しかし俺の空腹が満たされることはなかった。

「……すぴー……すぴー……」

気持ち良さそうに寝息を立てている、俺の幼馴染こと――雲雀野八雲。そいつの姿を見た瞬間、グニャリと視界が捻じ曲がった。

何で忘れていたんだろう。昼休み、俺が昼飯を食べれなかったということは、行動を共にしていた雲雀野も、また食えなかったというのに。

「んにゃ……すぴー……」

どうして気付かなかったのだろう。放課後、屋上前で話し合っていた時、こいつも靴を持っていなかったということに。

「……ん……ふふーん……」

なんて馬鹿なことをしたんだろう。靴と弁当箱を、机の上に置きっぱなしにするなんて。

「油性でイタズラ書きしたろか、この女探偵ぃ……！」

靴の上に弁当箱を乗せ、即席の枕にして幸せそうに寝ている雲雀野。ご丁寧なことに、口の端には米粒が付いている。お腹がいっぱいで、とても満ち足りている顔だ。弁当だけじゃなくデコピンでも喰らわせてやろうかと、俺は綺麗な黒髪を掻き分けた。無造作なショートヘアー。さらさらと流れる髪の奥には、白いオデコが見え隠れしている。

「……ぅ、むぃ？」

そんな呻き声を上げながら薄目を開けた雲雀野は、俺を見るや開口一番。

「あっ、明義⁉」

などと、バネ仕掛けのようにして立ち上がった。しかも校舎中に響き渡りそうなフルボリュームで叫ぶ始末。

「おっそい！　何してたのよ、罰金五百円！」

「リアルで高い。あと近寄るな、よだれ拭け、ご飯粒を取れ。それと……俺は先に帰れって言ったんだが」

「嫌よ、そんなの。だって――」

ハンカチで口元を拭い、雲雀野は目映いばかりの笑顔を浮かべて、言う。

「つまんないじゃないっ！」

「……ぷ、そうかい」

まあ、いいか。この恨み、デコピン一発で済ますなんて勿体ない。どうせなら、もっと効果的な方法で仕返ししてやろう。こいつが真っ赤になるぐらいの、なけなしの羞恥心を奮い起こすような何かで。

「おーい、まだ誰か居るのかぁ？」

仕返し計画を練るのも束の間、廊下から教員の間延びした声が聞こえた。

「やば、バレたら説教だぞ。雲雀野、ベランダ伝いに脱出だ」

「ちょっと待ってよ明義、私の鞄が」

「ほら急げって！」

こうして俺達は、なんとか見回りに来た先生の目を逃れ、帰路についた。

途中の商店街で一冊のノートを買うと、雲雀野は「明日でいいじゃない」と不思議がっている。

そういうわけにはいかない。なにせ、お前の誕生日は来週末だからな。時間が無いんだよ。

食物の恨みは恐ろしいんだぞ、雲雀野。覚悟しとけ。

俺は帰宅した後、勉強机の上に新品のノートを置き、ペンを取った。

目をつむって思い描く、あらん限りの想像力で。

とある思い込みの激しい、自称探偵が引っ掻き回す難事件。それに付き合わされる日陰者達の物語。そう言えばワトスンもホームズの活躍を小説にしていたっけ、と微笑みながら。

この腹いせは……そう、『自意識過剰探偵の事件簿』を読んでもらうことで、晴らしたいと思う。

二章　恋文発覚事件

「そう……君は、例えるなら意地の悪い数学教師だ」

見下し、見透かしたような台詞を、そいつは俺に投げ掛ける。

それはまるで、頬に押し付けられた地面よりも冷やかな声だった。

「答えの書いてある教科書を片手に持ちながら、君は問題を解いてみろと促す。ヒントは出すが解答までは口にしない。難問であれ、あくまでも生徒に自力で解かせるのが目的だ。多少なりとも厳しいかもしれないが、よくある教育現場の光景だろう。いや、それだけなら構わなかったが……君の場合は、そうじゃない」

「……っ……！」

背中に乗せられている足が、重さを増していく。

「間違ってるんだよ。そのヒントも、生徒が考えあぐねた末に出す解答も。だが君は笑って正解だと言っている。素直な生徒に、頑張った成果として褒めている。分かるか？　分かっているのか？　それが刷り込み以外の何物でもないことに」

他の方法を、知らなかったわけじゃない。やろうとして、できなかったわけでも。

だけどこれが一番、周りを騒がせないと思い知った。

だから俺は。

「さぞドミノ倒しは楽しかっただろうね。それが複雑で美麗に並べてあれば、一層」

なんて陰湿で、最悪な例えだ。それじゃあまるで、俺があいつを。

大事な……あいつのことを。

「だが優越感に浸っているようでは、教育者として失格だな。保護者としてなら、もっと」

氷点下の物言いは、しかし俺を発熱させた。

冗談じゃない。誰が誰の教育者で、保護者だ。気取らないでくれ。知った風に言うな。いくら尻拭いをしようが、後始末に奔走されようが……俺は、あいつの世話係になった覚えなんて一度たりともない。出会った頃から、それだけは変わらない。

あいつと俺は、幼馴染なんだ。幼稚園から始まって、小学校、中学校、この高校でだって一緒になった。有り体に言ってしまえば——家族、みたいなものだ。もしも、あいつが不愉快な奴だったなら、家族ぐるみの付き合いだろうが、とっくに縁は切れている。

こちとら嫌々ながらも、好きでやってんだ。この気持ちは矛盾しない。納得しているからこそ構う。迷惑な奴だと一緒に居ながら、心のどこかじゃ羨ましく思ってる。

そうじゃなきゃ馬鹿な話で笑い合えるか。それぞれ別のクラスになろうが、クラブや部活が被らなくたって、趣味とか目標が違っているとしても――傍に居たから、なんとなく目が離せない。どことなく見ていたい。自分には足りない部分を、渇望《かつぼう》するかのように。

それを……意地の悪い数学教師？　教育者、保護者だと？　なんだよ、それは。日陰者の俺が、まるで太陽より高く、目立ってるみたいじゃないか。

「ふざけ、ないで下さい」

かろうじて口から出たものの、体は標本採集にされた羽虫のように固定していた。上に立たれる。明らかなまでに、相手の方が――優位だ。

言葉より行動で無駄だと諭されていたが、そいつは畳み掛ける。幾重にも、憂さを晴らすようにして。

「……そうだね……ここらで、はっきりさせておこうか。僕は有能な人間には、それだけの事を成して欲しいと思っている。才能は平等ではない。環境によって摑われ、または廃れる。努力を積むには、その資格がいる世の中だ。ならば、できる人物には、やってもらわなければならない。有効に活用してこそ才腕は振るわれる。僕が憎むのはね、『できるのにやらない』、『するべきことをしない』、『やろうと思えば』なんて戯言をのたまう連中だ。挑戦を放棄し、自ら機会を潰そうとする怠慢な奴等だ。

実に反吐が出る。遠目から見ているだけで、もどかしい。君にだって、それがどれだけ勿体ないことなのか、分かるだろう？」

誰だって一度は口にする台詞。誰しも言い訳でしかないと知っている。

けれど、やるやらないは、本人の自由だろう。

「っ、あなたは……押し付けがましいと、思わないんですか」

「ああ、思わないね。向上心の無い奴は馬鹿にも劣る。停滞が楽だと留まり続ける者は何一つ生まない。生産性の無い、消費者でしかなくなる。その危機感を恐怖ともしない体たらくぶりは、周囲に伝播するだろう。やる気の無い人間が混ざれば全体の品位を落としかねない。小中学校の共同生活で、それを学ばなかったのかい？　それとも、知っていて気付かぬ振りをしているのかな。ふん……まあいい。どちらだって、どうだってね。いずれにせよ、そういった覚えはあるだろう。だと言うのに、損しかしないと知っていながら……何故だろうな。連中は、どうして期待を裏切ろうとするのか理解に苦しむよ。持てる能力を発揮していれば、誰も文句は言わないだろうに。何も難しいことは要求していない。分相応、適材適所。ただ与えられた役割を果たせばいい。その結果が失敗だったとしても、常に前へと進んでいる姿は尊いものだ。それが困難であればあるほど、挑み臨む精神は賞賛に値する。いいかい？　だから僕は、君に対しても言わせてもらう」

逃げるなよ——そいつは、そうやって忠告し、俺を逆撫でした。

「君に彼女は御しきれない」

この状況を表すかのように、強要を押し付けてくる。踏み締められた背中が悲鳴を上げていた。今となっては左右に転がることも、相手の足を跳ね上げることもできそうにない。身動き一つ、封じられている。仮に持てる力の全てを注ぎ込み抵抗したところで、結果が無為に終わるのは目に見えていた。

鍛え方が別種だ。元文芸部員が敵う相手じゃない。それ程の実力差。それ故に格が違う。筋力も、知能も、資質も、間違いなく劣っていると分かる。

だが、しかし、それでも。

「雲雀野くんは……僕が預かろう」

その一言が、どうしようもなく俺の胸を掻き立てた。

＊

早起きは三文の得——なんて諺を真に受けているのか、雲雀野八雲の朝は早い。もちろん健康に気を遣うような奴ではないし、早朝アルバイトや勉学に精を出しているわけでもない。だというのに、徒歩で僅か一分半しか変わらない御近所さんである俺とは、登校する時間が随分と異なっていた。

部活にも入っていない雲雀野が、朝の学校でやっている日課……それは、探偵行為に他ならない。校内を巡回し、目を光らせては事件の臭いを嗅ぎ付けている。依頼主は己自身。解決も自分。知的探究心の充足こそ報酬。さながら永久機関のようである。

例えそれが『事件』であろうと『難事件』であろうと、あるいは何も起きていなくとも、俺が登校してからは延々と話題が尽きない。その提供割合は探偵関連が半分、推理小説ネタが三割、その他が二割といったところ。毎日よくもまあ飽きないものだ。高校生になってからというもの、舌の根が乾くどころか、潤っていくとさえ錯覚してしまう。

それ故に、騒がしい日々の中で憩いがあるのだとすれば、起きてから学校へ着くまでの間だった。

じわじわと体力を奪う、少し蒸せるような陽気。セミの合唱が朝の眠気を払っていく。正直うるさい。週末だからって、はしゃぎ過ぎなんじゃないか。

いや、それは俺もか。

「おはようございます、風花《ふうか》さん」

「あら、明義くん。おはよ」

可燃物のゴミ袋を片手に、雲雀野のお母さん——風花さんは微笑みかけた。

とても高校生の娘を持つ専業主婦とは思えない、見た目年齢。精々が歳の離れた姉くらいだろう。艶やかで大人しやかな黒髪はセミロング。雲雀野と同じ整った幼顔で、どこか茶目っ気がある。おまけに、それほど背丈も高くない。その学生のような体躯も相まって、常時着ているエプロンだけじゃ誤魔化しきれないほど、だいぶ若々しく見えた。

多少なりとも隣の芝生は——みたいな考えもあるのだろうが、それにしたってウチの母さんと同年代という括りにはしたくない。かくも神様とは不平等なもので、御近所さんの芝生は空より青く映えるのだ。

元より『おばさん』という呼称が似つかわしくない人なのだけれど、特に俺がそう呼ぶと、温厚なはずの風花さんは何故か怒ってしまう。とはいえ会う度に『雲雀野のお母さん』と呼ぶには長ったるいこともあり、今の形に収まっていた。いやさ妥協してもらった、と言った方が正確か。じゃあ他に、どう呼べと。

「いつもゴミ出し偉いね」

「いえ、まあ……」

言いながら集積所へと放り投げた。ナイスコントロール。

「いつものことですし」

両親は共働きなので、ちょっとした家事の手伝いくらいなら小学生の頃からやっている。手始めに、このゴミ出し。小学校高学年になったところで風呂掃除も加えられ、中学校に進学すると茶碗洗い。洗ったついでにご飯炊きまでお願いされて、せっかく炊いたんだからと親が遅い日の料理当番に決定。高校生になるや否や洗濯物まで任された。

働かざる者は食うべからずが、我が家のルールだ。どうしたって逆らえない。月の小遣いを引き合いに出すとは、策士な母め。

ともあれ、こうして風花さんと話せるのは、ある種の役得だった。

「こーら、ゴミ袋を投げないの。明義くんのことだから、破れないようにはしてるんだろうけど」

「う、すみません。つい癖で」

「しかも常習犯なのね。お母さんに言いつけちゃうわよ？」

「っ、それだけは堪忍してください！　何でもしますから！」

「……えと、黙っておくから安心して」

ちょっぴり引き気味で風花さんが笑う。危機一髪だ。また母さんに弱みでも握られようものなら、今度こそ『学費はバイトで稼げ』なんて言われかねない。

「やっちゃんもお手伝いしてくれたら助かるんだけど。気付いたら家に居ないんだもの。毎朝あんなに急いじゃって、昨日だって帰るの遅かったし……学校で何かあるのかしら」

やっちゃんとは雲雀野八雲のことだ。俺が見聞きした限り、そう雲雀野を呼ぶのは風花さんだけ。当てずっぽうに犯人を量産してきた自称女探偵は、あだ名というフレンドリーな物とは無縁なのだった。

そう言えば昨日知り合った陸上部の部長さんは、『探偵ちゃん』なんて呼んでたっけ。あれはあれで新鮮だな。

「あるんじゃないですかね、色々と……でも、きっと大丈夫ですよ……ふぁ……」

気の緩みだろうか、あくびしながら眠気眼を擦った。なんだか風花さんの声は心地良くて、うとうととしてしまう。

いい加減に起きよう。ぐっと背筋を伸ばす。

「あ、なんだか眠そう。ちゃんと寝てる？」

「すみません。昨日から夜なべを始めてて」

「夜なべ？　古い言葉ねぇ、久しぶりに聞いたわ。ってことは明義くん、何か作ってるの？」

娘さんを題材にした小説の執筆——とは口が裂けても言えない。恥ずかしさで悶えるぐらいなら、拷問にだって耐えてやる。

風花さんは雲雀野八雲の探偵癖を知らない。というか、ずっと俺が隠してきた。バレても『ごっこ遊びの延長』と捉えられるのだろうが、事実その通りなのだが、万が一もある。笑顔が似合う風花さんを泣かせない為にも、俺は陰ながら頑張っているのだ。

うん、それでも流石に、あいつがミステリー小説好きなのは隠し通せていないが。

「いや……ほら、あいつの誕生日、そろそろじゃないですか」

その一言で得心したように、キランと目の色を変える風花さん。

「ん、あ～っ、そうよね嫌だわぁ！　ごめんなさい鈍くって。もうすぐ、やっちゃんの誕生日だもんねっ」

はしゃいでると本当に学生っぽいな、この人。時たまタメ口になってしまいそうで怖い。

「毎年ありがとう、明義くん」

真正面から満面の笑みで言われると……素直に照れます。過度な期待をされても、今年のプレゼントは喜ばれない気がする。

「あの、なんていうか、一応、俺が誕生日の時も貰ってますし、そのお返しで」

順番的には俺の方が先だ。だから一方的に頂戴しておいて還元しないのも気が引ける。まあ傑作集と題され、読み終わった推理小説を押し付けられているのは黙っておこう。

そうとは知らず言葉に詰まっている俺を、風花さんは覗き込むようにしていた。

「ふふふ、やっちゃんも幸せ者ね。こんなしっかりした幼馴染が居るんだもの。でも明義くん。あの子、変な迷惑かけてない？」

大変な迷惑なら被ってます。

「かけてません、って言ったら嘘ですね。そこは人間ですから、お互い様ってやつで」

度合いや比率はどうあれ、な。今のところ高校生になってから大事は起きてないし。

「我慢しないようにね。明義くんってば優しいから、すぐ溜め込んじゃうでしょ。そんなことじゃ貧乏くじばっかり引いちゃうよ」

「確かに、思い当たる節しかないですね」

そりゃもう、体の節々が痛いくらいに。あいつの関節技は凶器、いや狂気の沙汰だ。

「やっぱり。ダメよ、自分も大事にしないと。やっちゃんに言い難いことなら、いつでも相談してね」

「……今日は一段と眩しいです」

「え？　ええ、そうね、これから夏も本番みたいだし」

「暑くなりそうです。そろそろ俺も学校へ行かないと。あいつが暴走しちまわないように、見張っときますよ」

「そう、なら安心」

不意に掌が、温かく、柔らかい感触に包まれる。

「やっちゃんのこと、これからもお願いね」

「は、い」

身長差から生まれる上目遣いに、やられてしまった。このタイミングでお願いを断れる奴が居たのなら、そいつは血も涙も無い薄情者だ。

しっかりと握られた手。直前までゴミ袋を掴んでいただろうが気にしない。

何度でも言おう。この時間は俺にとって、かけがえのない憩いだった。

つまりは癒し。それ以外の気持ちなど、ありはしない。

…………はず。

風花さんに『行ってきます』と告げた俺は、穏やかな心持ちのまま改札を通った。

おかげで嫌な通勤通学ラッシュにも耐えられる。目的の駅で押し出され、その流れに乗ってホームを後にした。

これといって都心に近いわけではないのだけれど、駅前は開発されていて人や物で溢れている。高いビルは建っていない。でも圧迫感というか、妙な息苦しさがある。こういった人混みは苦手だ。俺は足早に商店街のゲートを潜った。

流石に登校時間なだけあって、ぽつぽつと同じ制服を着た生徒が学校を目指している。車幅二台分しかない道。暗黙の了解なのか、示し合わせたように右側通行。左側は駅へと向かう人達で、稀に通る車が歩行者を注意しつつ徐行を強いられている。楽しそうな話し声。似たような人の波でも、こちらは駅前と違って活気に満ちていた。

学生には願ったり叶ったりな商店街、ここでは大抵の物が揃う。行きは文具を取り扱う『畦装店《あぜしょうてん》』が早い時間から営業しており、帰りには娯楽施設も充実している。

商店街に入ってすぐ右の『茶喪壮《さもそう》』という二階建ての喫茶店は、和洋折衷で独特な雰囲気を醸し出している穴場スポットだ。そこから少し行った所にはゲームセンター『Euler《オイラー》』が地上と地下に構え、小腹が空けば駄菓子屋の『ヨシガワ』なんてのもある。俺のような主夫候補ともなれば、帰り掛けに惣菜屋の『かねえん』や、魚肉屋の『呑舟《どんしゅう》』に立ち寄ったりするのも忘れない。

そうして駅を離れるほどに、昔ながらの伝統的な店が並んでいく。まるで文明の軌跡を逆走しているような感覚だ。

程無くして商店街を抜け、平坦な道を何も考えずに進むと、目的地である校舎が姿を現した。

自然と歩調が重くなる。両足に十キロずつ鉛を巻いた気分。それというのも、これから先のことを思うと気が気じゃないからだ。

もういい疲れた休もうか。しかし概ね平均前後の成績である俺には、出席率こそ頼みの綱だった。

正門前に立ち、生徒達へ挨拶をする暑苦しい体育教員――霧丘先生。どうやら日替わりのローテーションで、あいさつ運動を行っているらしい。相変わらず白い歯だ。

「おはよう！」

「……おはようございます」

「なんだ朝からテンション低いな。ポジティブシンキングに頑張ろう！」

「はあ」

昨日は色々とあったので、あまり顔を合わせたくなかったのだが……向こうは、そんなことなど気にも留めていないようだった。むしろ長年の悩みを解消したかのような、爽やかな上機嫌。あやかりたいな、何があったのか教えて欲しいね。

悪いことをしたら反省する、反省したら次に活かす。そんな熱血先生を横切って、俺は下駄箱へと移動した。モチベーションは地面すれすれ、下降し続けている。

さあ、もうじきだろう。俺の直感が、そう告げている。迷惑千万、猪突猛進、挙動不審な、いよいよ奴の登場である。

革靴を脱ぎ終わるのと同時に、そいつは物陰から野生動物ばりの勢いで飛び出してきた。手元に麻酔銃があったなら、躊躇わず銃口を向けていただろう。

「ようやく来たわね、ヘイスティングス！」

寝起きのように洒落っ気の無いショートカットへアー、ちんちくりんな体の癖して自信満々に人差し指を向ける女子高生。

助手の名を呼ぶ、自意識過剰な自称探偵こと――雲雀野八雲、その人だ。

「今日はポアロか。あとで謝っとけ、アガサ・クリスティ先生に」

「そんなことより、脳細胞を灰色にするのよっ！」

やかましい、有名な一節をアレンジするな。誰だって脳に灰白質は持ってんだよ。大事なのは、それを使いこなせるかだ。

「で……どうしたんだ雲雀野。また事件か？」

「そう、事件なの！　聞いて明義！」

「はいよ」

気力を温存したいので、素直に従っておく。どうせ耳栓したって無駄なんだ。おざなりに聞き流しながら、俺は自分の靴箱を探した。

学校の靴箱には全て扉とネームプレートが備わっている。初めの内こそ場所の把握に手間取ったものだけれど、入学して三ヶ月も経てば大よその見当ぐらいつく。

この辺で……よし、これだ。

「でね、私が教室に入ったら、もう二人も居たのよ！　朝のホームルームまで一時間半も前なのに。おかしいと思わない？」

雲雀野を見ながら、手の感覚だけで靴箱を開けて言う。

「どこがだ」

「だって普段は私しか居ないはずなのに、一気に二人もよ！　それにね、一人は机に突っ伏してるだけだし、あと一人は私のことを見たら、すぐ体操着の袋を持って出て行ったの。これじゃあ二人とも、何の為に早くから学校に来たのか分かんないわ！」

分からんのは、お前の説明だ。推測するにしたって情報が足りない。

「その二人ってのは？」

「突っ伏してたのが虹林浩介《にじばやしこうすけ》。教室を出てったのは……えっと、水瀬凪《みなせなぎ》だったわね」

相変わらず容疑者候補の時はフルネーム呼びなんだな。ある意味、その記憶力には感心するが。

虹林――そいつとは中学校が同じだ。中学三年の頃、クラスメイトになったこともある。

俺が元文芸部員でインドア派ならば、虹林は現野球部員でアウトドア派だ。雲雀野と合わせて中学から続く縁だが、奴とは根っからノリが合わない。話したことはあれど、友達と呼び合えるような間柄ではなかった。身長は俺と似たり寄ったりだが、筋肉質な体格で短く刈り上げた頭が特徴的。

陽気な性格、何事に関しても無計画な男だから、寝坊をして遅刻することも多かった。それは高校に進学しても変わっていない。そう言えば、ここ最近では怒られて茶化す場面を見なくなったが……いくら朝練だとしても、一時間半も前に来てるのは奇妙か。

水瀬については、正直なところ詳しく知らない。伏し目がちで内気な印象。入学して一週間目ぐらいだったたか、高校で初めての『難事件』に出くわした際に、少しだけ話したことがある。

水瀬も探偵行為なんて悪ふざけに戸惑っていたのだろう。それからというもの、雲雀野とセットで避けられてるっぽい。同じ教室で過ごすだけに、たまたま目が合ったりもするが、たちまち逸らされている。年度始めで皆が様子見をしている中、あれだけ目立てば、そうもなるか。

俺は目を閉じ、考えた。

考えて、そして。

脳内に作ったピースは、すんなりと型に嵌った。

「私が推理するに、何かの盗難じゃないかって睨んでるんだけど。どう明義、事件の臭いがするでしょ⁉」

興奮気味に身を乗り出す迷探偵。視覚なり聴覚なり感覚頼りな奴め。そんな不便なもん、さっさと捨てちまえ。

妄想たくましい幼馴染を余所に、俺は尋ねた。

「水瀬って何部だっけ」

「へ？　えっと……そうそう、陸上部よ。運動系のポニーテールだから覚えやすいわね」

これ見よがしな顔。訊いといてなんだが、そんな個人情報を覚えようとすんな。

「体操着を持って出て行った……ってことは、着替えようとしてたんじゃないか？」

「そんなの、教室で着替えればいいじゃない。元々、体育の授業前だと教室は女子の着替え部屋なんだし」

「寝てたとはいえ、そこに男の虹林も居たんだろ」

「……あっ」

ぽかんと口を開ける雲雀野。気付いたようだった。おいおい勘弁してくれ。女子が皆、お前みたいに無頓着な破廉恥《はれんち》じゃないんだぞ。

「そ、それじゃあ、どうして虹林は学校に来てたの？」

「知らんけど……大方、担任か顧問かに『寝坊で遅刻するな』とでも指導されてたんだろ。で、言われた通り早めに着いた。けど、あまりに時間が早すぎたから、朝練まで寝てたと。こういう楽観主義が虹林の悪いところだな」

「……もしかして……起きれなくて、そのまま居眠りしっぱなし？」

「だと思う」

がっくしと意気消沈。日常の不思議なんて、蓋を開けてみれば、そんなものだ。

「な、そうそう事件なんて起きないんだよ。これに懲りたら大人しくしてようぜ」

気勢の殺がれた雲雀野を慰めて、俺は再び手探りで上履きを捕まえ、引き抜いた。

「え？」

「ん？」

瞬間、上履きとは別の何かが——ひらひらと宙を舞う。

謀ったようにして、その二つ折りにされた手紙が、俺の足元へと投函された。

「…………」

無言で靴箱の扉を閉める。ネームプレートは合っていた。

「…………」

では上履きに書かれた名前はどうだろう。これまた俺の物と相違ない。

要するに、この手紙は、なんだ、宛先は俺ということか。

俺に手紙、しかも靴箱に。

ふぅん。

そうか。

やばい。

「ベタすぎる」

「あ、あき、明義。そ、それっ、それそれ、それって……」

動揺しまくってる雲雀野は呂律が回っていなかった。こういう時、こいつは決まって頭に思い浮かんだワードを口にする。それも大声で。

「ま、待て雲雀野、人目が――」

「ラブレター⁉」

僻みからか、頬を真っ赤に染めた雲雀野は、そう叫んだ。

＊

結論から言ってしまえば、淡い予想は外れていた。早々に思い違いが解け、雲雀野の関節技から逃れたのは幸福なのか不幸なのか、微妙なところではある。

それというのも、この文面だ。


彼女について話がある。放課後、次の場所にて待つ。

〈一＋一＋０＋０＋六＋衣〉

水瀬《みなせ》雹《ひょう》

たったの三行。こんな文章がラブレターだったなら、年賀状だってラブレターになる。というか名前から察するに、差出人は男のようだった。

男からの手紙。なんだろう、酷く気味が悪くて虚しくなってきた。

これを受け取って喜ぶのは……そう、謎に餓えている奴だけだ。

「暗号だわ、暗号っ！」

下駄箱から教室へと向かう途中、雲雀野は俺から奪い取った手紙を掲げ、嬉しそうに眺めていた。弾むような足取り。ご満悦の表情。好奇心を刺激する、ど真ん中のストレート。それはもう、絶好の謎だった。

時代錯誤だろ、今どき暗号って。まだしも果たし状で、『おうこら校舎裏まで面貸せや』と書かれていた方が理解を示せる。

「……はあ」

溜息も出るさ。二日連続で『難事件』の到来。しかも今日は朝っぱらからだ。どうあっても学校じゃ穏やかに過ごせないのか、俺は。

いっそのこと手紙を無視してやろうかと思った。が、差出人が分かっている以上、余計な逆恨みは買いたくなかったし、本文に興味が湧いたのも確かだった。

「彼女、ね」

キーワードを呟いたところで、雲雀野が振り返る。足は止めずに後ろ歩き。ぶつかりそうになったら注意しよう。

「誰のこと？」

「……知らん」

「こ、恋人？」

「アホ、居ねぇよ。どこにそんな余裕があるんだ」

なるべく平静を装って答えられた、と思う。雲雀野は「ふ、ふーん」と生返事で正面へと向き直る。

階段を上っている間、なんとなく沈黙が続いてしまった。

彼女――とは、悲しきかな恋人という意味でなく、単に俺と交流がある女子を指しているんだろう。紛らわしく、それに曖昧な表現だ。しかし女子との交流か……自慢じゃないが、そう数は多くない。高校生活だけで限定すれば、最有力候補となるのは目の前に居る雲雀野八雲だ。

　雲雀野についての話。どういうつもりだろう。

　手紙の差出人――水瀬、雹。聞いたばかりの苗字。だが当然、知り合いではない。考えられるのはクラスメイトの水瀬凪と、偶然にも同じ苗字だったのか、それとも親族か。後者だった場合、年上である確率が高い。低確率で双子か早生まれ遅生まれの年子。水瀬が俺と同級生の高校一年生だから、年下という線は消してもいいだろう。まさか学校に忍び込んでまで手紙を入れる、酔狂な中学生――あるいは小学生など居まい。と言うより、校外の人間では靴箱の場所すら分からないはずだ。そうなると案外、彼女というのは水瀬凪のことで、妹思いの兄が身を案じて出した手紙なのかもしれない。

　それにしたって、わざわざ暗号にする意図が分からないのだけれど。

　分からないといえば、待ち合わせ場所を示しているであろうエニグマな数式だ。『＜一＋一＋０＋０＋六＋衣＞』。まず等号が無い。代わりと言っちゃなんだが、山括弧が両端に付いており、漢字の一が二つ、六が一つ、押し潰したような形をした数字の０が二つ、そして何故か衣という文字が最後に入っている。全てが足し算。関連性なし。

手紙にした狙い、送った人物像、暗号化された内容――率直な感想として、それらは意味不明だった。

止めだ。いつまでも不可解なことを考えたって仕方がない。

ついには無言のまま階段を上りきり、俺と雲雀野は教室へと踏み入れた。

黒板の上にある丸時計で時刻を確認。ホームルームの十五分前。いい時間だ。まばらだが人も居る。

「ぉはよう」

ぎりぎり聞き取れるぐらいの声量で、いつもならしない挨拶をしてみる。すると何人かの目を引いた。発言者が俺だと分かり、何事も無かったかのように視線を逸らし、読書に耽り、あるいは雑談を再開する。もちろん返事は無し。入学して三ヶ月が経ち、すっかり腫れ物扱いをされている俺だった。めげません。

一瞬だけ集めた視線――その中には、件の虹林浩介と水瀬凪も含まれていた。既に虹林は起きていて、水瀬も朝練を終えたのか体操着ではなく制服姿だ。

「どうしたの明義？」

雲雀野は不審がっている。無理もない。

「いや別に……」

俺は自分の席へと着いて、膝の上で鞄を開けた。クリアファイルに挟んだ時間割を再確認する。

一時限目は数学か。得意教科だ。昨日サボった遅れでも取り戻そう。

「それで明義、暗号についてなんだけど……」

「おおぅ、まだ居たのか」

「当り前じゃない！　靴箱に手紙が入ってて、それが暗号よ！　こんな難事件、探偵と助手が放っておくわけないわ！」

ああ、筒抜けになってゆくプライバシー。頼むから音量を下げてくれ。

「探偵、助手……休業にならないか？　それ」

「腑抜けたこと言わないの！」

ボクサーを見送るセコンドみたいな雲雀野は、俺の背中に渇を叩き込んだ。手加減を知らないスナップで痛い。

まあ千載一遇のチャンス――もといミステリーなんだ。自称探偵にとっちゃ腕の見せ所だろう。張り切るよな、そりゃあ。

「明義が当事者なんだから、しゃきっとしてよ！」

「つってもな……」

対して、気乗りしない俺である。差出人不明ならともかく、この手紙の送り主は割れているんだ。なら放課後を待つまでもない、直接本人を探して訪ねてしまえばいい。相手の要求に合わせてやる義理なんて無いんだから。興醒めだろうが関係ないね。会ってやるだけ、ありがたく思ってもらいたい。

暗号なんて物は、解くか破るか忘れるか。俺なら破くね――暇じゃなかったら。

「明義。暇、なんでしょ？」

「暇じゃない。ハイパー忙しい」

「暗号解析で？」

「選択の余地すら無いのか……」

「あーもうっ、いいの!?　こんな機会、逃したら一生来ないわよ？」

艶のある黒髪を掻き乱しながら、まったく惜しいと思えない台詞を言う激情家。こうなっては手が付けられない。

分かったよ、降参だ。俺は渋々ながら肩を落とした。

「……やるだけやってみるか」

水瀬雹が何者であれ、こっちから出向くのであれば昼休みになる。合間の休み時間だけじゃ短くて話にならないからな。

俺は鞄から弁当箱を取り出した。昨日の反省を踏まえ、今日は『おにぎりオンリー』という偏った構成にしてある。これなら、どこへ連れ出されようが食べられるだろう。

人生は失敗の連続だから、ちゃんと予防線は張っておく——それが俺の鉄則。後ろ向きに前向きなのだ。

雲雀野は満足気な顔で、ポケットから出したメモ帳を一枚破き、暗号文を書き写した。原紙は自称探偵様が預かるようだ。俺に宛てられた手紙なのに。

「それじゃ、一時限目の休み時間に答え合わせね」

小気味いい音を響かせて、紙切れが置かれる。

「おい授業は。お前、ただでさえ数学苦手なんだろ」

「聞こえませーん」

半回転ターンを決めて自分の席へと帰っていく。こんな性格じゃなければ、さぞ男子の間で人気が高かったことだろう。その辺をどう感じているのか、雲雀野はお上品に着席すると、まるで怨霊にでも憑かれたかのような熱中ぶりで、暗号文解読に勤しんでいた。そういったアンバランスなギャップが、人目を遠ざけている原因だと気付いて欲しい。自由人め。

「ったく」

嵐は去ったが悩みの種は残された。

俺は手に持ったままの弁当箱を引き出しに押し込み、鞄の中を覗く。

やっぱり……学校じゃ書けないよな、これ。

目を配らせたのは、昨日買ったばかりのノート。まだ数ページしか書いていない、初の自作小説。

もう誕生日まで日はないが、こいつは鞄の中で眠らせておくとしよう。

手紙に書かれていた暗号が数式のようで、それに数学の授業中だったからか。俺は中学時代の部活動を思い浮かべていた。

夕暮れ時の空き教室。

大半を幽霊部員が占めている文芸部で、まともに集まっているのは俺と先輩だけ。何を恐れているのか、顧問になった先生すら近寄らない。

あの人は傷だらけの机に腰掛け、片膝を両腕で抱えて、不敵に微笑むんだ。

『事件を事件だと肯定するのが探偵――確か、明義くんの持論はこうだったね。その意見に反論するわけじゃないが、けれど付け加えさせてくれないかな。そう、例えばの話で、２という数字があるとしよう。これが、いわゆる結果だ。それを導き出す式は無数にある。ポピュラーなところで１＋１でもいいし、２÷１だって構わない、１×２にしても間違いじゃない。あるいは半月以上もの歳月を賭して求めた解が２だった、と言うのも有りだ。可能性、組み合わせは膨大な数に及ぶ。つまり、これを逆算していくには結果以外の情報が必要になる。ここまではいいかい？　うん、結構。ならば伝えたいことも分かり始めているみたいだね。続けよう。では、いきなりで申し訳ないけれど、先程の2という数字を死体だと思ってみようか。唐突に言われても連想できない？　まあ、そう怪しげな顔をせずに試して。棒人間が倒れているイメージでいい。忽然と現れた死体が一つ。さて、そこで名探偵が登場だ。もちろん、結果だけが存在している殺人現場では推理のしようが無いね。もちろん、結果だけが残された事件などは無い。もしあるとすれば、それは事件じゃなく事象だ。公式でなく絶対数のようにね。そこから物事の本質は見抜けない。え、なんだい？　完全犯罪があるじゃないか、だって？　いや違うな、丸っきり違うよ明義くん。完全犯罪とはね、証拠が無いだけで犯人は居るんだよ。過程や推測は成り立てど証明できないだけだ。それを絶対数とは、事象とは呼べない。ああ……いけない、話が逸れちゃったよ。流石の聞き上手だね、明義くんは。戻そうか。いかに名探偵といえど、そこにあるだけの死体から犯人特定には至れない。何らかの条件、制約が不可欠だ。そう考えると、さっき明義くんが謳った持論は真に近い。事件を事件だと肯定する——言い換えれば、結果と制約から公式を割り出す、だ。ただの死体にも死に方がある。自殺か他殺か、あるいは病死か、はたまた事故死か。自殺に見せかけた他殺だったり、事故死を偽装した病死にしても、死をカモフラージュして生きていたり。色とりどり様々に。状況によって変化する。事情によって様変わりする。それ故に刑事や探偵という職業があるんだ。情報収集と推察を繰り返し、限られたヒントから矛盾を取り払う。事件は事象じゃない、絶対数じゃない、公式なのだから。常に2という数字の左横には＝《イコール》があり、さらに文字数も制限されている。それが現実。○○○＝2。これだけで選択の幅は、一段と狭まるだろう。お得意である推理の出番さ。真ん中に＋でも入っていた暁には、もう幼稚園児にだって解ける。何ともはや、難問から単純な物まで、世界は問題だらけだね。消えることも絶えることも決して無い、狭くて身近な問題集。人生は、それの連続だ。なるべく、その答えを間違わないようにしないと――なんてね。要するにだ明義くん。読んで字の如く、結果までの過程を探し、うかがう……それこそが探偵だと思うんだけれど、違うかな』

　その問いに対して、どう答えたのだろう。高校生となった今では忘れてしまった。代わりに、あの饒舌に紡がれた小言ばかりが頭を巡っている。

　他人の身代わりを嬉々として請け負っていた、あの人のこと。

　今頃どうしているのか、そんな想像さえもできない、思い出に住まう人。

「次の問題を……それじゃあ、出席番号十二番」

先生に指され、のっそりと立ち上がった。黒板を数秒ぼんやり眺めて、式の羅列を理解しようとする。

焦ることはない。数学は得意科目だ。中学の頃からバランス良く平均点を叩き出してる教科の中で、特に数学だけは抜けていた。要は公式の暗記と四則演算の応用。問題に見合った計算式を当て嵌めればいい。

かつての名探偵達が、似た事例を引き出し推理してきたように。制約を課し、過程を求め、結果を得る。

俺はイコールの先を答えた。

「聞いてませんでした。すみません」

＊

「……分かった？　明義」

一時限目の休み時間。雲雀野は終業の号令が済むと俺の席へ来た。若干やつれた顔で力の無い声が、暗号の解析具合を物語っている。

「いんや、さっぱり」

「むー」

ふくれっ面で不満そうにされたって、どうにもならん。そもそも珍妙なもんが記憶の底から漏れてきた所為で、授業すら身に入らなかったんだ。楽しみにしてたのにさ。

「お前は？」

軽い気持ちで訊いてみたが、やはり返ってくるのは眉を寄せた悩ましい吐息だった。

「先は長そう。放課後までに間に合うかな」

諦める気は無いのか、やれやれ。

靴箱に入っていた一通の手紙。放課後の待ち合わせ場所として『∧一＋一＋０＋０＋六＋衣∨』とだけ書かれた暗号文。

俺は目を瞑る。イメージしたのは枠しかないジグソーパズル。まだピースの形さえ決まっていない。こういった『当て物』で大事なのは、閃きと直感、そして消去法だ。まずは四隅、さらに外堀から埋めていく。

今、この段階で考えられるのは……そうだな。

「雲雀野。分からないことなら、分かるんじゃないか？」

「……何それ、どっち？」

そんなの言われるまでもないと、疑心たっぷりの半目で睨まれた。

「だから分からないことだよ。暗号ってのは、決め付けと思考のループが一番厄介なんだ。お前、授業中も解読してたんだろ。考えつく限りの色んなパターン。そいつを二人で整理していけば、少なくとも間違いは見付けられるし、ヒントくらい思い付くかもしれない」

深みに嵌りそうな泥沼は避けて通ろう。最もらしいが、全部やっつけのアドリブである。

「んん……助手にしては名案ねっ！」

褒めるんなら喜ぶことを言ってくれ。あと俺は助手じゃない。

「ノートとかに書いてあるんだろ。ほら、見せてみろって」

いつになく協力的な俺の言葉に、雲雀野は元気良く頷いた。本当、素直にしてれば害は無いのにな。

万策尽きた状態から一転、舞い上がってるのか、得意満面に解析結果を持ってきた。

「これよ！」

案の定、数学用だったはずのノートを開き、机に載せた。持ってるメモ帳を使えよ。

叱るのは後回しにするとして、どれどれ、途中経過でも見させてもらおうか。

「……おふっ」

愕然《がくぜん》とした。

自身の目を疑い、思わず変な声が出てしまう。

もし題名を付けるのなら、これは、この二ページは――『幼稚園児達が使い込んだ自由帳』だ。

「どう？　明義。何か気付いた？」

驚くべきことに雲雀野は、荒んだ有り様を見せつけて、感想を寄越せと言ってきた。半ば脱力感に苛まれながら、俺は口を開く。

「うあ……汚ねぇ」

狂気。落書きってレベルじゃない。文字で文字を上書きしてやがる。本来は白いはずの用紙が灰色になってんじゃねぇか。

「は、走り書きだったから仕方ないじゃない！　それより手掛かりよ、手掛かりっ！」

「無茶言うな」

こんなもん暗号文を解いてた方が、よっぽど楽だって。溢れんばかりの熱意は伝わったけどさ。

「まずは、こいつを綺麗に整理するところからだな。次の休み時間に持ち越しだ」

「ぐぬぬ……」

花も恥らう女子高生とは思えない悔しがり方でノートを奪取し、とぼとぼと引き返す雲雀野。見れば背中が丸まっていた。気分屋なところも含め、あいつは猫か。

……やりきれないな。

間もなくしてチャイムが鳴った。定刻通りにティーチャーが現れ、スタンダップとネイティブっぽい発音で号令を掛ける。

得意教科に続いて、二時限目は苦手教科だった。


言うまでもないが、ここは日本である。その上、俺は生粋の日本人だ。

将来、国外へ行く予定も無ければ、さほど興味や関心も無い。パスポートなんて誰かに強制でもされなければ、取ろうとさえしないだろう。しかし案ずるなかれ、もし道端で外人さんが困っていたなら、ジェスチャーで意思疎通を図ってみせる。日常会話は無理でも、言葉の要点を押さえていれば問題ないんだ。道に迷っていようが、単語を拾って地図くらいは書いてやる。ノープロブレム。確かに昨今は国際社会だ。

が、だからと言って必修科目にするのは話が別だと思う。極論すぎる。精々が選択科目で相応しい。国内に居続けるのであれば、生活で耳にする必要最低限の横文字を覚える程度で良いはずだ。

とどのつまり、英語には学習意欲が湧いてきません――なんて小学生じみた屁理屈を、俺は信奉していた。

実際どれほどまで苦手なのかと問われれば……赤点という崖に、しがみついている程度だと答えよう。希に手が滑ってることも付け足しておく。せっかく数学で稼いだ俺の成績は、英語の所為で相殺されていた。英語、マジ許すまじ。いや分かってるんだ。高校受験さながら、夜通し頑張ればテストの結果も付いてくると。しかし頑張る気が起きないんだから、仕方ないじゃないか。

いわゆる暗号文も外国語と同じようなもので、何かしらの法則性なりに縛られている。そいつを紐解くのは、ちょっとやそっとの苦労じゃ済まない。よっぽどの関心か、それなりの事情が絡まないと、やる気も起きないってなものだろう。

……ちなみに、『依頼主が外人だったら英会話も必要ね！』なんて理由で、雲雀野の得点は俺とは比べものにならないほど高い。かの著名な推理小説も原文が英語だったりするので、その影響なのかもしれないが。

理系は不得手なのに、体育と文系には妙に力を入れている自称探偵。その調子で行間というか、空気を読む能力も身につけて欲しいものだ。

「はい。これでいいんでしょ」

どうにか苦難の時間を乗り越えた俺に、またしても災難が襲い掛かった。

そっぽを向き、少し恥ずかしそうな面持ちで、雲雀野が英語用だったノートを見せてきたのだ。そんな顔をされては、幼馴染として見過ごせない。

まあ英単語で汚れた目の保養だ。こいつの推理した物でも見るとするか。

「……ほぉ」

流石、二ページ分を埋め尽くすだけあって、そこには多種多様な解析パターンが書かれていた。

大まかに抜粋すると、こんな感じだ。

①数式説。とりあえず数字を全部足して八＋衣、または８＋衣。一をマイナスにしても六＋衣、または６＋衣。これだけじゃ意味不明。
②記号説。多分、何かの記号。きっと明義にだけ分かる記号。知ってたら今すぐ教えなさい！
③漢字説。衣と数字が関係しそうなことを考えてみる。と思ったけど、浮かばないから止め。衣だけで考え直し。衣服……だと、服屋さん？　もしくは家庭科室？　衣

食は、おそらくデパート。それと更衣室。学校にもあるし、それっぽい。でも、どこの？　その他、白衣とか浴衣とか濡れ衣とか言葉関連。色々とありすぎて止め。

④横読み説。数字パターンと漢字パターンで、それぞれを横読みした。遠目で見ても、やっぱり分かんない。逆さ読みや斜め読みも試したけど結果変わらず。

⑤ひらがな組み合わせ説。『∧』を『かっこ』、『一』を『いち』って置き換えて、組み合わせてみる。これは途中で時間切れ。

⑥疑問点。∧∨って何？　普通「⌐」じゃないの？　それにこの人、他の字は綺麗なのに、わざと数字の0だけ潰して書いてる。というか何で0だけアラビア数字？　数式だとしても、何で漢字の衣が混ざってるの？　それと明義、彼女って誰。

俺は一通りチェックして、目を閉じ、ゆっくりと開いた。

真横に立ち、そわそわと落ち着きのない雲雀野を見る。

「ど、どうだった？」

「ああ……まとまってる」

「…………………」

こうすれば一目瞭然だ。伊達に推理小説好きなだけあって、ポイントを掴んでいて分かり易い。なんとなく、全体像が見えてきた。不透明な部分も多々あるが、徐々にピースの形が定まっていく。

雲雀野が考えた数種類のパターン……俺が思うに、全て遠からず近いはずだ。

あとは、それをどうするのか。そこが重要だ。選択肢は限られている。周囲に差し障りのない方法を考えないといけない。

保留か誘導か、はたまた停滞か。

「……そ、それだけ？」

いや、まあ、なんて言うか。

「暇なんだな、お前」

三時限目、物理が始まるまでの間、俺は雲雀野による間接技を喰らい続けた。


冗長な文章が書き加えられているとはいえ、理科における計算問題は望むところだった。ビバ化学反応式、ウェルカム物理法則。こういう部分で点数の底上げをしておかないと、名称記憶問題で削られる帳尻が合わなくなってしまう。それだけは避けなくては。

雲雀野と違って、俺は将来に対して『何かしらのサラリーマン』という漠然としたビジョンしか描いていない。なので苦手教科以外は平均前後を心がけている。と言っても、心がけているというだけで、実際に上手くいっているかは別なのだけれど。

憎き英語同様、学んだ知識が社会人になって何の役に立つかは疑問なところだ。ましてや物理現象を考えながら生活している人なんか、科学者くらいだろう。

想像さえできない未来には恐怖しかない。身近な社会人である母親に言わせれば、『学校で習ったことなんて雀の涙ほどしか使わない。けど雀の涙ぐらいは使うし、勉強のコツを掴んどかないと人生の本番で泣きを見るよ』だそうだ。含蓄《がんちく》があるようでいて、ほとんど脅しのような放任主義である。

漠然とした夢は、目標を霞ませていく。

だから、なりたい職の幅を狭くしないように、今日も俺は視野を広くしておくのだ。

とまあ、そんな心休まるボーナスステージは瞬く間に過ぎ去り、三度目の休み時間がやってきた。授業内容を詰め込みながら、頭の中を整理整頓するだけの時間は稼げたと思う。ついでに関節技で痺れた手首の感覚も元通り。

満を持して、雲雀野八雲、襲来である。

「どういうことよ」

ずいと詰め寄って真横に立ち、不満げな自称女探偵は腕を組む。への字に口を結んで、授業中に溜めたのであろうイライラを振りまいていた。

分かってる。業を煮やした矛先は、俺だろう。

「まとめろって言ったのは明義でしょ！　それなのに『暇なんだな、お前』なんて酷いじゃないっ！」

至極ごもっともだが、微妙に似ているモノマネは即刻やめるんだ。

「悪かったたって。さっきも謝っただろ」

痛みに悲鳴を上げながらな。まったく、こいつを指導した顧問は何をしてたんだ。関節技じゃなくて柔道を教えろよ。

……ああいや、それなりには教えてたのか、中学じゃ県大会まで行ったんだし。

俺が文芸部員であったように、雲雀野は中学校時代、柔道部に入っていた。初めの内こそ、人付き合いもできないのに格闘技なんて――と不安に思ったが、こと探偵に纏わるスキルとあっては努力を惜しまない奴だ。

そう言えば、せがまれて応援に行ったこともある。確か体重別の階級は……ん……あれ、思い出せない。中二の頃だから、そう前じゃないってのに。目にも留まらぬ早さで勝った、というのだけは何故か覚えてる。きっと、あの人だったら隅々まで記憶しているんだろうな。

ともあれ、部内でも中々の腕前だったのだろう。それだけは実感を伴って言える。何故か中三に上がる前で辞めてしまったのは、未だに気がかりだが。

「謝るんじゃなくて、私はヒントが欲しいの！」

ナチュラルショートヘアを引っ掻いている素人探偵は、ヒステリックに行き詰っていた。

大半は情報不足を補うようにして、こいつの妄想を促しているのだが、今回のケースは逆だ。自分で考えなきゃいけないことが多すぎて混乱している。それは結果に至った俺としても同じことで、故に結論は出していない。

まだ公式の意図が、汲み取れていないからだ。

俺を呼び出した『水瀬雹』なる人物は、本当に実在するのか。居たとして、その名前を使った偽称犯なのかもしれない。手紙を靴箱に入れた理由は？　口頭で伝えては駄目なのか？　そもそも靴箱には、いつ入れたのだろう。昨日、俺と雲雀野は最後まで学校に残っていた。それだけは間違いない。完全下校のギリギリだったし、校舎も消灯されていた。どうにか見回りに来た先生を切り抜けて帰ったんだ。あの時間まで生徒が学校に留まるのは難しい。となると、手紙が投函されたのは翌朝に限られる。それも俺が登校してくるまでの合間。その時間帯、そう生徒は多くないはずだ。俺は電車通学だし、雲雀野に絡まれるのが分かっているから毎朝余裕を持って学校へと来ている。それより早いとなれば、まず考えられるのは朝連をしている人達だろう。あるいは雲雀野のように何かしらの用事があって、早めに登校した生徒だとも言える。

結局は手詰まり、か。絞り込めないなら、もっと知る必要があるな。

「……ヒントね」

包み隠さずに話せば、おそらく雲雀野は解き明かすだろう。ことは単純な方程式だ。紐解く段階が手間なだけで、時間さえあれば誰にだって導き出せる。

しかし、それでは意味が無い。解決し、真実を知るのと、丸く収めるのは同義ではないのだから。

「ところでさ、お前は教室に入って虹林達を見た後、どうしてたんだ？」

「え？　虹林浩介と水瀬凪を見た後？」

唐突な話題転換に無愛想なまま首を傾げて、雲雀野は口の先を尖らせた。

「水瀬凪が教室を飛び出していったから、それを尾行しようと思ったんだけど――」

おい。

「途中で見失っちゃって……仕方なく待ってたの」

「誰を？」

「ん」

顎先《あごさき》で指された。

「いやいや、おかしいだろ」

朝のホームルームは八時半のチャイムと共に行われる。いつも通り雲雀野は七時頃には登校。そこで水瀬と虹林を目撃した。それから俺が来るまでだから。

「それだと一時間くらいは待ってたことになるんだが」

「……そうよ、悪い？　私なりに推理してたの。あんなオチとは知らずにね！」

ひょっとして真性のアホか、こいつは。ますます将来が心配になってくるじゃないか。いくら妄想語りを楽しみにしてたからって、そこまで待たんでも。下駄箱の物陰で突っ立ってるだけじゃ、さぞかし暇だっただろうに。

「……お……あれ。ってことはだ、お前ずっと下駄箱に居たのか？」

「あ、明義が早く登校しないからでしょ！　そんな人をアホ扱いしなくったっていいじゃないっ」

見れば小学生のように拗ねた幼馴染が、半べそを掻いていた。このままでは埒が明かないので「なんか、すまん」と謝っておく。それにしても今日は頭を下げてばかりだ。

「もういいけど」これっぽっちも良さそうじゃない雲雀野は続けて、「どうしてそんなこと訊いたのよ」と怪しんだ。

「いやさ、お前が下駄箱に居たんなら、誰かが俺の靴箱に手紙を入れてるのとか、見てたんじゃないかって――」

「そうだったら言ってるわよ」

だよな。まさしく仰る通りで。
「てぇことはだ。やっぱり手紙を入れたのは、さらに早朝か。それとも……」
流し目で水瀬と虹林を見た。こういう時に座席が後ろの方だと便利だ。これで窓際
だったら最高のポジションなのに。
どうやら虹林は、男友達と楽しく雑談しているようだ。
身振り手振りを交えて話題の中心となっていた。人付き合いという観点において、
虹林はクラス随一の巧者だ。初対面だろうと明け透けで、社交性に富み、入学して
早々には何人かの野郎共に囲まれていた。開けっ広げな人となりは男女の垣根も超越
するらしく、女子の話し相手をしているところも時たま見かける。妬ましい。
次の授業にでも備えているのだろう水瀬は、教科書を机の上に並べていた。
使い終わったノートと教科書は……へぇ、鞄の中へと入れている。こちらは几帳面
な気質のようだ。友達と話すにしても準備をしてからと決めているのだろう。
「どうしたの、明義」と、つられて雲雀野も目線の先を追う。
「虹林浩介に、水瀬凪？」
ふと疑問に思ったのか、眉間に人差し指を当て、何やら物思いに耽っている。
「む……んー？　みな、せ？」
おもむろに取り出したるは、暗号文の原紙。そこに書かれた文字と水瀬を交互に見

やって、自称女探偵は目の色を変えた。

「水瀬……ぇ……え、えっ……嘘⁉」

ああ、これは、あれだ。

とてつもなく良くないなと、どこか俺は達観していた。即ち諦めに近い。まあ、いつかは気付くだろうとは思っていたが、流石は雲雀野だ。まさか水瀬が一人の時に勘づくとは。狙い澄ましたかのような、最悪とも言えるタイミング。

信じられるか？　この探偵気取り、暗号解析に夢中になりすぎて、差出人の名前に目が行ってなかったとさ。

「嘘だ違うぞ勘違いだからな、早とちりは——って、おいおいおい！」

そう、分かっていたんだ、こいつが人の話を聞かない奴だってことは。論理よりも気持ちを優先させる、直情径行なのも。羨ましいぐらい、昔っから向こう見ずだったよな。

だから知っていた。その性格が探偵に不向きだってことを。

けれど、こうと決めたら俺の意になんて介さない。言葉だけじゃ止まるわけがなかったんだ。

いつの頃からか、手を握って捕まえることができなくなった所為で——尚更。

「ぇ……雲雀野、さん？　ひゃ」

ずかずかと水瀬の席まで歩み寄り、ばーん！　と両手を机に叩きつけた雲雀野。

次の授業も教室で行われる為、当然のことながらクラス内には生徒全員が居残っていた。その視線が一つの座席へ集まっていく。何事かと教室中から注目を浴びている。授業で指され教壇に立ったって、ここまで目を引かれまい。俺の肝は縮んで冷えたが、当の本人は気にも留めていないのだろう。

ただ、どこまでも真っ直ぐに。

澄み渡り、純粋なまでの好奇心で——

「あなただったのね、犯人はっ‼」

慌てふためく架空の犯人を、あたかも仇敵のような目付きで睨んでいた。

＊

経験から言って、雲雀野に犯人だと名指しされた人物は、大きく三つの反応で分けられる。

とは言っても、その過半数は怒りで占められるだろう。本物の犯人だったのならともかく。身に覚えのない冤罪を擦り付けられるようなものだ。皆の前で濡れ衣を着させられた日には、堪ったもんじゃない。無実の証明は、時に犯人だと認めさせるより難しいこともあるのだから。罵詈雑言、悪口雑言を返されたって、自業自得ってものだろう。これに関しては全面的に雲雀野が悪い。擁護のしようがない。下手に庇い立てして、俺まで邪険にはされたくないからな。叱られて大いに反省するといい。でも、まあ……万に一つ、相手が暴力行為に及ぼうものなら、止めに入るが。

怒りから漏れた人達は、大抵が困惑する。人は、わけの分からない行動に出られると固まってしまうのだ。未体験の出来事に出くわせば、咄嗟の判断なんて不可能に近い。そこからワンステップを置き、つまり物事を理解する為の意訳が必要になる。そんな時は決まって、真顔か苦笑いか、頭痛が起きたような表情。話し言葉にして『何言っちゃってんの、こいつは』ってとこだろう。昨日知り合った陸上部の部長さんも、そうだった。考えようによっては、本気で怒鳴られるのよりも骨を折っている気がする。言い繕うの大変なんだよ、ほんとに。

そして、残る一つは――

肩先まで伸びているポニーテールが揺れた。さながら通り魔にでも遭遇したかのような怖がり方で、水瀬は小さく震えていた。その怯えた様子は、見ている者に居たたまれなさを覚えさせるほどで。ちっちゃいリスが獰猛《どうもう》な猫に襲われているみたいな絵面だった。

好き勝手に探偵を名乗る誰かさんとは違い、水瀬には友達がいる。運動部の繋がりも、ひょっとしたらクラス内に想いを寄せている奴だっているかもしれない。

いずれ、そういった常識人に雲雀野の暴挙は止められるのだろうが、その前に。

抱えた懸案事項を処理してしまおう。

このまま事を荒立てるか、何事もなく鎮めるかの二択が迫られている。

俺は皆が疑問符を浮かべている間に席を立った。長い付き合いだけあって、あっけに取られず行動できるのが功を奏した。

「ひ、雲雀野さん？　な、なに……？」

「しらを切ったって無駄よ！　白状しなさいっ」

何をだよ。

とりあえず前のめりで露になった襟根っこを摘み、猫のように持ち上げた。

「むぐえ」

あ、悪い。力加減、間違えちゃった。絞めるつもりは無かったんだ。

「ちょっ、何すんのよ、明義！」

振り向きざま、火花でも散ってそうな剣幕の瞳を向けられたが、逸らさない。

「そりゃこっちの台詞だ、雲雀野」

努めて重々しくならず、あくまでも冗談交じりに返事をする。ここで退いてしまったなら、こいつがクラスメイトから非難されるのは目に見えていた。

だから全力で受け流す。可能な限り軽々に、あしらわせてもらう。

「証拠も無しに犯人扱いすんなって。何べんも言わせるなよ」

「だって！」

「それに、水瀬さんも困ってるだろ？」

「っ……う……」

事情聴取どころじゃない。ようやく状況が飲み込めたのか、雲雀野は恐怖に怯えている水瀬を見て、気弱になった。

「ごめん水瀬さん、驚かせて」

「ぁ、明義くん……」

縮こまった身体に声量まで小さくさせている水瀬は、おずおずと顔を上げた。よっぽど雲雀野が怖かったのだろう。僅かながら瞳が潤んでいる。これは一刻も早く安心させてやりたい。

「いつもの発作でさ。悪気は無いんだ。な、雲雀野」

さっきまでの勢いは、どこへやら。言葉足らずに早変わりしていた女子高生は、ごにょごにょと口を動かしていた。

「わ、私は、その」

「……んと、大丈夫、です。突然だったから、ビックリしちゃっただけで」

胸に手を当て、深呼吸でもするようにして、水瀬は安堵の息を吐いた。蒼白に近かった顔色が、ほんのり赤みを帯びていく。教室内の静けさも無くなり、また話し声が聞こえ始める。おそらく陰口の類だろうが気にしない。

とても一件落着とは言い難いけれど、俺は肩を竦めた。

いつもの発作――そんな免罪符が通ってしまうほど、このクラスにおける雲雀野の探偵癖は、悪名を轟かせている。入学してから巻き起こした騒動は、一度や二度じゃきかない。初めの内こそ物珍しさから笑っていた連中も、いざ自分達に白羽の矢が立つと血の気を失いだす。勇ましさの出処は、道徳に基づく良心や正義感、ではないと思うのだけれど。

それにしたって、どうなってるんだ今日の雲雀野は。犯人探しは毎度のことだが、妙な違和感がある。やけに浮き足立っているというか、回答を急いでいる感じがした。

分からない。

それこそ幼稚園から十数年もの間、雲雀野を見てきた俺だが……それで何でもかんでも知っているのかと言えば、断じて違う。むしろ『こいつは何を考えてるんだ？』と思うことの方が多い。

例えば素晴らしい作品に出会った時に、よく作家の脳内を知りたい――なんて言うものだけれど、国語の設問に然り、幾ばくか書き手の内面は作品から読み取れるはずだ。文体の癖や投影がある分、少なからず性格が滲み出る。しかしながら、だ。それを差し引いても雲雀野の場合は、想像にさえ及ばない。まったく、かの文豪も真っ青な侮れない存在である。

なんて、こんな風に小説家を身近に語ってしまうのも、昨日から書き始めた自作小説の所為なのかもしれない。たった一日の素人執筆で作家気取りとか、俺も大概だな。

「あの……雲雀野さん、犯人って、言ってたけど」

水瀬も少しは落ち着いたらしい。周りの目を気にしながら、遠慮がちに訊いてきた。持ち上げた視線を感じて、今度は雲雀野の方が恐縮している。なんだ、このラリーは。

二人に任せては話が進展しない気がする。変わらない調子のまま、俺は雲雀野の代弁に徹しよう。些かイレギュラーな展開があったものの、例の手紙については俺も確かめたかったところだ。

「ごめん、それ勘違いでさ。実は今日、なんでか変な手紙が入ってて」

「あ、それ、靴箱に、ですか？」

「や――やっぱり！」と、前傾姿勢の探偵気取りに「ひ……っ」なんて新鮮なリアクションで応える水瀬。おい二度目だぞ、これ。

「やっぱり、じゃねーよ。いい加減にしろ。水瀬さんを怖がらせるな」

悲鳴が押し殺したものだったので、どうやらクラスメイトには気付かれなかったようだ。だが一騎当千の如く雲雀野の猛攻は潰えない。

「犯人は彼女だったのよ！　明義の靴箱に手紙を入れたのは、水瀬凪！」

誤解を招きそうな台詞をペラペラと。台本があるなら見せてみろ、破り捨ててやる。

ついには憤怒が恐怖心を打ち消したのか。お湯に浸かった温度計のように、ぐんぐん耳たぶまで真っ赤にした水瀬は「ちが、違いまふっ」と不服申し立てを述べた。それすら噛んじゃってるのが、なんとも微笑ましい。

「雲雀野さんと、ぁ、明義くんが話してたの、聞こえてて！　朝、教室で、それで！」

ぶんぶんと両手を左右に振って、ふやけてしまった水瀬は矢継ぎ早に説明していた。いかん、父性に目覚めそうだ。ペットコーナーで長居している気分。

けれども、おかしいな。入学当初の『難事件』で絡んだ時は、こんな奴じゃなかったと思ったんだが。暗くて、消極的で。それは単に俺が見抜けなかっただけなのだろうか。相手や状況に合わせたご機嫌取りという意味じゃ、そこそこ観察眼には自信があったのに。

「苦しい言い訳ね、ついにボロを出したわ！」

「そ、そうじゃなくてっ」

できることなら静観して、コントのような関係を見ていたかったが……放課後までという時間制限がある以上、やむなく俺は口を挟んだ。

「ああ、俺は疑ってないから」

「明義⁉」

「あれだけ大声で騒いでたんだ、そりゃあ嫌でも聞こえてくるさ。そういうことで、ひとまず納得しとけ雲雀野。そこじゃないだろ、本題は」

「む、むー……」

思わぬフレンドリーファイアを喰らったハリセンボン面は、気に留めない。

俺はポケットに仕舞い込んだ暗号文のコピーを取り出し、頬の熱を手で冷まさせようとしている水瀬に見せた。

「で、その差出人が――この、水瀬雹って人なんだけど」

「お、お兄ちゃんが？」

そう言って驚きを表面化させる水瀬。奇を衒うわけでもなく、すんなりと兄妹であることを打ち明けてくれた。なるほど、ちゃんと実在はしていたようだ。得体の知れない影に怯えなくていいのは助かる。脳内シャドーボクシングは懲りごりだからな。

「ほんとだ……でも、どうして?」

「それ、何かの暗号っぽいんだけど、知ってたりする?」

「……ぅ、ううん。分かんない、です」

「そっか」

最大限に気を遣って訊いたつもりだったけれど、水瀬は申し訳なさそうにする。暗号の内容云々とは別に、ともすると身内の恥を病んでいるのかもしれない。

タメ口と、距離を測りかねている不慣れな敬語――俺と水瀬との仲は、ざっくりそんな感じだ。他人以上、知り合い未満みたいな。まあ、どちらかといえば嫌われているのだろう。おうち帰りたい。

「だから、なんですね。雲雀野さんが私を疑ったの。それなら仕方ないって思います」

「頭と体が直結してるんだよ、こいつは」

「ぅ……」

悔しさ満点、下唇を噛み、言い返せないでいる雲雀野。ざまあみろ。

「あ、あのぅ……それ、心と体じゃないですか? 頭と体だったら……その、直結してます、よね」

「うっ」

失言！　失態！　恥ずかしいっ！　特に雲雀野が下唇を噛んだまま、嫌味ったらしく笑いを堪えてるのが許せない‼

だが嘲笑うのとは別で、やっとこさ水瀬も口元を綻ばせてくれた。おっと、何だ、笑うと可愛いじゃないか。これくらいの赤っ恥で警戒を緩めてくれるのなら、安いものだ。

改まって水瀬は席を立ち、深々とお辞儀をした。

「お兄ちゃ――ぁ、兄が、失礼しました。迷惑、でしたよね」

「あ、いや、そんな謝る必要ないって。頭上げてくれ。実害があったわけじゃないしさ。こっちこそ、変に怖がらせたみたいで悪かった」

「……ふふ」

随分と大袈裟に騒いでいるが、なんてことはない。靴箱に手紙が入っていただけだ。雲雀野が持ち込む騒動に比べれば、ジャブのようなものである。今でこそ俺の横で控えめにしている自称探偵は、時たま悶絶するくらいのストレートを打ってくるからな。それも予測不可能な不意打ちときている。いっそ気絶したいよ。

「えっと……その、水瀬先輩？　こういうの割とするのかな」

「そんなことない、です。意味がないことは絶対やらない人で」

「絶対って、そこまでか」

「は、はい。兄は、優しいところもあるんですけど、自分に厳しい代わりに、他人にも厳しくて。だから本当はこういう遊び、しないと思います。何か理由があったとしか……」

「ふぅん」

自分に厳しく他人にも厳しい、か。

互いを高め合おうとする——他人の自己顕示欲を掻き立てるような人間。苦手なタイプの一つだ。直感で分かる。尚のこと関わりたくはないな。

「手紙」水瀬は丁寧にメモ帳の切れ端を俺へ返しながら、「無視して下さい」と力強く言った。

「いいのか？」

「はい、兄にはキツく言っておきます」

「ははは……まあ、程々にな」

「いいえ、ガツンと言わないとダメなんです、兄はっ。任せて下さい！」

「そ、そう……」

家族に対しては強気でいられるんだろうか、水瀬は意気揚々とガッツポーズしている。なんだか水瀬兄が可哀想になってきた。この辺りで退却しておこう。何故か話の途中から雲雀野が俺の背中を抓《つね》ってるしな。地味に痛いっての。

「それじゃあ次の授業も始まるし、もう戻るよ。ありがとな、教えてくれて」

「え……ぁ、はい」

ふと、水瀬が寂しそうな表情を浮かべていた気がするのは、俺の思い違いなのだろうか。

「あ、明義くん」

「うん？」

「……ありがとう、ございました」

「へ？　ああ」

感謝に感謝で返す社交辞令。そんな形式上の挨拶に、俺は片手を上げて応えた。

礼儀正しく温和。水瀬に対し抱いていた内気な印象は、この休み時間で、すっかり消えていた。稀に見る良い子だ。こういう人にこそ雲雀野と仲良くなって欲しい。とても強要なんてできないけれど、後々お願いしてみるのも手だろう。もしかしたら数少ない友人の一人に加わってくれるかもしれない。照れつつも優しく頷いてくれそうだ。

「――そんで、お前はなんて顔してんだよ」

諸悪の根源はと言うと、どうしてか水瀬の席へ突撃した時の仏頂面に立ち返っていた。無礼千万、極まりない奴だ。

文句の一つでも言ってやろうと思ったが、間の悪いことにチャイムの音で遮られた。

ここまでで十分。長いようで短いやら。

よし、気を引き締めて午前最後の授業だ。


外国に興味が無い人間にとってみれば、世界史こそ記憶力が試される科目だった。教科書を読み進めていく中で重点的に強調された単語があれば、それをノートに写してマークする。そして試験前日から当日の開始時刻まで、自前のノートと睨めっこ大会を繰り広げるのだ。結局は常日頃からの積み重ね。マメな授業態度が物を言う。

事務的な授業やテストに不平不満は出てこない。ビジネスマン風の言葉巧みな担当教諭が、初めに言っていた通りになったからだ。

『私はノルマをこなします。君らは真面目に勉強するか、要領良く他人のノートを借りるなりして点を取りなさい』

こんな言い方をされては、じゃあ点数が取れなかった奴は努力を怠ったんだ、と思われても止むを得ない。先生を罵るだけ墓穴を掘ることになるだろう。当然、クラスメイトから避けられている俺は実直な選択をした。その甲斐あって中間考査と期末考査は可もなく不可もなく、平均前後のポイントに着陸。なんとか平凡な記憶力ではいたらしい。

雲雀野は、聞くまでもないだろう。とんと無関心を貫いている。清涼飲料水並の清々しさが、そこにはあった。赤点にならないのがアクエリア——じゃなくて、ミステリアスでしょうがない。

聞き漏らしがないか黒板との整合性を図る。授業のテンポは一定なのだが、それ故に余裕と胡座を掻いていたら、置いていかれてしまう。ウサギとカメの童謡然り、油断は大敵だ。俺と雲雀野、二人の安全帯であるノートに書き忘れは許されなかった。

起立、礼、ありがとうございました。そして休み時間とは比較にならない長さの、昼休み。

「もう昼休み。絶望的だわ。どうしよう……ねえ明義、放課後まで時間が無いわよ？」

「無いな。諦めよう。飯を食おう」

「お預けに決まってるでしょ！　そんな悠長にしてたら、光陰の如し矢で射抜かれるわ！」

「有名な詩を刃傷沙汰にするな」

学成り難しな奴め、老いてしまえ。

「それにさ、戦ってか、推理の前には腹ごしらえが必要だろ。二日連続で昼飯抜きとか嫌だぞ俺は」

一理あるだけに唸っていた雲雀野は「じゃあ間を取って購買まで付き合いなさいよ」と命じてきた。なんの間を取ったんだ。

まあ、いいか。細かなピース集めとして、購買所には用事もあったし。

念の為に弁当箱は持って行こう。定位置は机の中の右側だ。

手を突っ込んで結び目を掴み、手前に上げると。

「……明義、それ」

「何だ雲雀野。どうし——た？」

おにぎりオンリーな弁当箱を持ったまま、俺は頬を引きつらせてしまう。招き猫みたいなポーズのまま。災厄を招きいれた。

ほとんど無表情に近い、雲雀野が指差した、その先。

それは、弁当箱と一緒に引き出され、膝の上に乗っていた。

四角い、縦長の、長方形。

郵便物に使われそうな、ごく一般的な形状で、けれど所々手作り感が見て取れる、

用途として手紙を入れる為の——

封筒、だった。

白と青のストライプ、縞模様で彩られた外観。セロハンテープが外周をなぞるようにして貼られている。

市販品ではないだろう。拙さが感じられたが、やや凝った作りだった。

しかも今度は、言い逃れのできない文字が表書きに記されている。

短く、端的で、とても親しげに書き綴られた、宛名。

『追い剥ぎ野郎へ』

「二通目……だって？」

とうとう意識が弁当から離れ、その弾みで机に落としてしまう。やたらと派手な音がした。だが、そんなことに構ってはいられなかった。

こいつは予想を遥かに超えている。

俺はセロハンテープを丁重に剥がし、封を切った。混乱と焦りからか、おぼつかない手付きになったのは否めない。

封筒から手紙を取り出そうと、軽く息を吹き込んで、中を覗いてみる。

今週の土曜、午前十時
商店街の喫茶店で会おう
スケープゴートより

封筒の中には、確かに、そう書かれていた。

宛先、日付、時間指定、場所、送り主。その全てが揃っていたと言えよう。

何の捻りもない、あるがままの文字列。

伝わった。

……ああ、そうですか。理解しましたとも。

「明義？」

身体の隅々が強ばっている間、俺は一体どんな顔をしていたのだろうか。心配そうに雲雀野が尋ねてきたことで、放心状態から回復した。

取り乱すなよ。いつも通りの平常心だ。悟らせるな。

そして雲雀野の見ている目の前で、封筒を真ん中で摘むように持ち替え——

「ろくでもない」

縦に引き裂いた。

ビリビリと鼓膜を叩くノイズが飛ぶ。

例え手作りだろうが、知ったこっちゃない。修復不可能なまでに真っ二つだ。

「ちょっ、明義⁉」

「イタズラだよ、イタズラ。ほれ」

裂いた入口側を凹ませ、封筒で輪っかを形作った。見え易く、雲雀野の目線に合わせて。

「え……空？」

「そ、中身は空っぽだ。何も入ってなかった。ったく、手の込んだイタズラだよな。なんの恨みがあるんだか。お前がラブレターとか叫んだりするからだぞ」

やれやれと、ため息を吐き、破いた物をポケットへと詰め込んだ。

これは明らかに、一通目とは違う。枠には収まらない新種のピースが増えた。

考えろ。

靴箱に入れられた、二つ折りの手紙。呼び出しを告げる連絡文章。

そして机の中に入っていた封筒。中身は空。経緯は不明だけれど、入れた人物は既に分かっている。

暗号、タイムテーブル、仕掛けた容疑者、導き出される犯人。

雲雀野八雲、虹林浩介、水瀬凪に、水瀬雹、それと俺が居て……忘れちゃいけない、あの人。

彼女について話がある。
彼女とは誰か。
後回しにしていた、先送りにしてきた、考えなきゃいけない問題。
人生は、狭くて身近な問題集。

どうしてくれようか。
参ったな。
何だか、とっても――
面白くなってきちゃったよ。

＊

幾重もの靴音が艦砲射撃のように木霊する。
これだけ校内の廊下が騒々しくなるのは、昼休みをおいて他に無いだろう。ウチの高校に学食は存在しない。なので学校に通う生徒は代わりとなる購買を利用するか、弁当を持参しなければならないのだ。コンビニという手もあるが、如何せん外界は学生のお財布事情を考慮していない。金銭的に余裕のある奴なら話は別だが、極小おにぎり二、三個では成長期が止まってしまうだろう。リーズナブルかつボリューミーな購買の恩恵を賜る方が利口というものだ。しかし購買側も商売であるからして、極端に余らせてしまえば利益など出ない。供給を少なくして需用に応えるしかないのだ。

いわゆる早い者勝ちという掟。従って、事は深刻な食糧自給問題に直面した。獲得した物資によっては午後への意気込みが著しく激減する。戦争にだって発展しかねない、由々しき事態だ。それ故、どうしたって四時限目の日直は緊張を強いられる。

神経を研ぎ澄ませた条件反射、しかる後に速やかな号令。下手にもたつこうものなら、飢えた武士共に咎められかねない。

「毎日よくやるわね、皆」

呆れた調子で雲雀野が言う。強者が己を疾風と化す中、ゆっくり歩きながら俺は頷いた。

「少数限定品だからな。それに実際、あのパン美味いし」

「え、食べたことあるの？　明義」

「一度だけな。見た目は普通のサンドイッチなんだけど、そこら辺のパン屋も真っ青な味だった」

それをあんな低価格で売られたのでは、特売品に駆けつけたベテラン主婦が如く殺到したって無理はない。学校という手狭な敷地だからこそできうる、赤字覚悟の価格崩壊だ。

　定番の焼きそばパン、コロッケパンやウィンナーロールといった惣菜パンに加え、菓子パン等ラインナップは豊富で、どれも味付けは悪くない——らしいのだが、まず初めに売り切れてしまうのは、決まってサンドイッチだった。何でも終業のチャイムから五分後には捌けているらしい。

　また売れ残るのも、パン粉の味を噛み締めるだけの、素っ気ないコッペパンと相場が決まっていた。購買側が与えたもうた救済措置。惨めな残飯、もとい残パンだ。

「そういや雲雀野。お前って、いつも何食べてるんだ?」

「あんパンとコッペパンよ。たまにフレンチトーストとかも買うわね」

　元祖というか、単調な味のチョイスばかりだった。ほとんど余り物じゃないか。

「飽きてこないか？　それ」

「全然、お腹に入っちゃえば一緒だもん。私にとって大事なのはね、苦労せず手にできて、持ったまま食べれることなの。食べにくい惣菜パンなんて目じゃないわ！」

　量より質、ならぬ質より食べやすさと語る幼馴染。昼休みの徘徊さえ止めれば、大金を叩いてでも食べたい風花さんの手作り弁当が味わえるというのに。口惜しさを感じながら、俺は外靴に履き替えた。

出張販売である購買は、中庭の一角を借りて行われている。白色の物販用テントを張り、長机を二つほど繋げ、その上に商品を陳列していた。俺と雲雀野が着いた頃には、まるで砂糖に群がる働きアリの様相を呈しており、離れた所から見ているだけで酸欠になりそうな具合だ。

暑いのに凄いな。

『おばちゃん、俺コロッケパンと焼きそばパンね！』

『あたしはカスタードパンください！』

『カレーパンが、まっ、おい後ろ押すな、カレー……だから押すなっつーの!!』

気迫の咆哮、身体を滑らせていくようにして前へと掻い潜るスキルに、交錯する魂のぶつかり合い——戦場と呼ぶに相応しいだけの何かがあった。

ひとたび遠慮をしようものなら、延々とサウナ地獄に留まり続けること請け合いである。ここは押し合いへし合いが常套手段の戦闘区域。列に並んで順番を待つ、という名の常識など皆無な無法エリア。あえて秩序があるとするなら、金は財布から出しておく、途中で立ち止まらない、後ろを振り向かない、と言ったところだろうか。いかに速く目当ての物を購入するか——その一点こそがマナーであり、また彼氏彼女等の生きがいなのだろう。

戦地から外れて勝利した者達は、誰も彼も幸せそうな余韻に浸っていた。

改めて見ると怪我人が出かねない。どうして学校側は放っているのだろう……って、あそこで生徒に紛れているのは霧丘先生じゃないか。何やってるんだ教師なのに。生徒目線の教育にも程があるぞ。

「んー……もうちょっと遅れて来れば良かったわね」

「行かないのか？」

「イヤよ。どうせ、あと五分もすれば空いてくるんだし。待ってるわ」

そう言って雲雀野はポケットから例の手紙を取り出し、暗号解析に乗り出した。割り切る早さには舌を巻くが、すっかり暇潰しの道具になってんじゃねぇか、それ。

「こういう時間に閃き力を高めとくの」

断言しておこう、そんなパワーなんぞ無い。時間の有効活用は大いに結構だが、連れ出された俺は何をしてればいいんだ。

つゆ知らず、そっちのけで考え込んでしまう雲雀野。推理小説好きの読書家だからか、この集中力だけは目を見張る物があった。

仕方がない。こうして持て余していても「助手らしく一緒に頭使ってよ」とか言われかねなかったので、俺は購買所に来たついでの用事を片付けることにした。

大雑把にだが、もうパズルの全体像は把握している。あとは細かなピース集め。頭ではなく、足を使った情報収集。

要するに、人探しである。

けれど、正直ここに居る確証は無かった。あくまで希望的観測だ。いわば賭け。居たらラッキーだな、みたいな感じ。それ以前に俺は、あの人が弁当派か購買派なのかさえ知らないのだ。加えて、これだけ混雑した中から探すともなれば、一筋縄ではいかないだろう。入れ替わり立ち替わりで往来する人を見分けるなど至難の業なの……あ、見付けた。

運良く、いや運悪く視界に捉えた。この学校では珍しい、薄茶色に髪を染めている女性。セミロングを肩の辺りで結び、左右から正面に垂らした髪型。熱気の中を軽快なフットワークで進んでいる。

水瀬よりかはワンランク親しい――知り合い以上、友達未満みたいな関係の。

「部長さん！」

柄にもなく、俺は声を大きくした。だが向こうは気付いてくれない。何度か呼び掛けたところで、自分の迂闊《うかつ》さに思い至った。

この人混みの中に、どれだけ部長という肩書きを持つ人物が居るんだ？

優に八百は超える全校生徒数で、文化系や運動系を合わせた部活動は全身の指を使ったって足りはしない。これだけの人だかりともなれば、そこに部長が数人ほど紛れてたって、おかしくはない。それに、彼女は部員から『主将』と慕われていたはずである。部長さんと声を掛けたところで振り向きはしないだろう。

これは早速、昨日教えてもらったばかりの名前が、役に立つのではなかろうか。

「ひ……日暈《ひがさ》部長！」

小っ恥ずかしい思いが通じたのか、一度そう呼び直しただけで、陸上部の部長さん――改め日暈智恵《ひがさともえ》部長は、俺の方を振り返った。

「おー、明義くんじゃん」

と、片手を挙げて歩み寄ってくる。もう片方には抱えきれないほどの戦利品。ざっと三人分はあるだろうか。これを全て一人で平らげるつもりなら、よっぽどの大食らいだ。まあカロリー消費が激しそうだしな、陸上部って。というか、あなたも俺の苗字を知ってるのに、下の名前で呼ぶんですね。慣れてますけれど。

「昨日ぶり。キミも買いに来たの？」

「いえ、俺には弁当があるんで」

そう言うと日暈部長は「はれ？」と首を傾げた。外見上の女性らしい格好良さと、ギャップを引き起こしている。

「じゃあ何しに――あっ、待ってね、今推理するから」

「ナチュラルに始めないで下さい！　昨日のことは忘れましょう、頼みますから」

「ふむふむ……そうだねぇ……」

無視だ。酷い。

しばらくして同じく呻いていた雲雀野を発見すると、昨日ぶりの、またしても鬼の首でも取ったかのような笑みを浮かべる日暈部長。きっと根は良い人だけれど、イジメっ子な気質に違いない。

「分かった。探偵ちゃんの付き添いだ。どう、正解？」

「半分は当たりですが、半分はハズレです」

「あはは、やっぱりね。だと思った」

悔し紛れの返答も、のれんに腕押しといった感じで流されてしまった。大所帯の部活を束ねているだけあって、中々の器量人である。

「うーん、その様子だと購買目当てじゃないよね。でもパンを買いに来たんでもなしに、他の用事ってこともなぁ……」

頭を捻っている日暈部長には悪いが、途中で口を挟ませてもらおう。

自称探偵なんて輩は、一人として要らないのだ。

「あなたに会いに来たんです、日暈部長」

「――はい？」

そのまま、今度は石像のように固まってしまう。

いかん、言葉を端折り過ぎだ。これじゃあ雲雀野のことを、とやかく言えた義理じゃないな。結論から話す癖は注意しないと。

「すみません、ですから——」と申し開きをしよう思った矢先。どこからともなく現れた二人の女子高生が、割って入って来た。

「あ～っ、駄目ですよ主将！　浮気は！」

炎天下の夏らしく、小麦色に焼けた肌。雲雀野よりも、さらに短く切ったボーイッシュな髪。見るからに活発そうで、日暈部長と同じぐらいの身長——つまり女子の中では高め。制服を着ていなければ男子か女子かの判断に悩みそうだ。なんというか、柔軟でいて、カラっとした表情の女子生徒だった。

「随分と……親密ですね」

対して、お隣さんと対極して、こちらは梅雨のような女性に見える。体格も小柄、声も儚げ。いっそ病弱と言っても差し支えないほどの色白で、きちっとした三つ編みを左肩から出していた。肌が弱いのか、紫外線対策パーカーの上から制服を着ている。涼しげな青いフレームの眼鏡越しに、警戒心が現れていた。

校章の色からして、どちらとも二年生のようだ。

「あんたらねぇ……そうじゃない、違うから。明義くんとは昨日知り合ったばっかりなの」

「また言った」

「名前呼びだよ雨甲斐。これ大ニュース！　副部長にチクっちゃおうよ」

「うるさい晴澤」

はつらつたる勢いに、たじろいでしまう。

まさか、この人達にまで会うとは思わなかった。流石に昨日の今日だ。忘れたりはしない。

晴澤先輩に雨甲斐先輩。

なるほど磁石――絶妙な言い回しですね、霧丘先生。

「……別に、これぐらいで愛想尽かしちゃうなら、こっちから願い下げだけどさ。晴澤、雨甲斐、分かってるとは思うけど、デマを流したりしたら、このパンは全部あたしが食べちゃうからね。昼ご飯抜きで部活頑張りなよ、二人共」

「見たの全力で忘れます！　何を仰いますやら、冗談ですって。私が主将に嫌われるようなこと、するわけないじゃないですか。ね、雨甲斐」

「最初から私は発言してない。言い触らすつもりも無いし。全責任は晴澤にある」

「そそ、そんなことより誰なんですかぁ！　彼は」

「昨日知り合ったにしては、楽しそうに話してましたが」

「お、ナイスだ雨甲斐！　その調子で、やんわり聞き出してっ」

「口出し、いらないから」

好奇と威嚇、その二つを向けられた俺は言葉を詰まらせた。しどろもどろだ。予期しない人物と遭遇しただけに、いざ自分にお鉢《はち》が回ってくると、どう応えていいものやら迷ってしまう。互いに初顔合せであることは間違いないが……日暈部長を通して、俺は二人の事情を知り過ぎている。

誤魔化すにしても、日暈部長との交流を一体どう取り計らうべきか。とある秘密を共有しています——と言うには赤裸々だし。

挙句、あれこれ考えを巡らせている内に、日暈部長から救いの手が差し出された。

「明義くんは探偵ちゃんの助手……じゃなかった、日陰者だっけ。そんな感じの人」

だから昨日のことは忘れて下さいと。どんな紹介の仕方ですか。孫の手くらいに気の利いた説明だってできたでしょうに。

「日陰者？　つまり目立たない。出世できない」

「んー……まー、特徴が無いっちゃ無いよね」

「こういう時だけ意気投合しないの。明義くんに失礼でしょ」

日暈部長がたしなめると、先輩達は互いの顔を見合わせ、ほぼ同じタイミングで真逆を向いた。ため息と共に肩を落とす日暈部長。わだかまりは未だ解けていないらしい。だが会話を聞いている限りでは、いがみ合っているような雰囲気は感じられなかった。

　あれから多少の進展は、あったんだろうか。

　次期部長候補である、晴澤先輩と雨甲斐先輩――栄えある陸上部の前途は、多難そうだ。

「苦労してるっぽいですね、日暈部長も」

「まあね、難儀はしてるかな。あはは」

　汗を冷やす爽やかな風が吹き抜けた。道のりは不安そうだけれど、この人なら今以上に部活を良くしてくれる――そんな気がした。俺は帰宅部だけれども。

「……なんだか、あからさまに話、逸らされてる」

「あっ、そうですよ主将！　人柄じゃなくて関係性が知りたいんです！」

「こだわるね、あんた達も」

　やや逡巡。日暈部長は「うん、こうしよう」と独り言ちに呟くと、屈託の無い笑顔を俺に送ってきた。何か企んでるだろ、この人。

「じゃあ、ちゃんとした紹介も兼ねて……明義くんと探偵ちゃんも一緒に、お昼ご飯食べない？　多分あたしに訊きたいこともあったんだよね」

　図星。それに願ってもない申し出だ。三年生に加えて二年生が揃えば、あれを知っている確率も跳ね上がる。その上、雲雀野まで招いてくれるなんて渡りに船だ。

　しかし、どうやら他の先輩達は快く思わなかったようで、雨甲斐先輩は元より、ノリの軽そうな晴澤先輩までもが眉を寄せていた。

「そんなっ、約束が違うじゃないですか主将！」

「今日は三人だけのはずじゃ」

「まーまー、いいじゃないの五人で。ウチらだけでなら、あたしが卒業するまで何度だって食べられるんだしさ。ここは、あたしの顔を立てて。この通り、お願い」

大量のパンを抱えたまま、ウインクで頼み事をする日暈部長の姿が、何だか妙に可愛らしかった。

憎めない人だな、ほんと。あやうく見蕩れてしまいそうだ。晴澤先輩が感極まり、激しく足踏みをしてさえいなければ。

「ん〜、キミ！　私達の主将に誘われて、まさか断ろうとか思ってないよね。ていうか、どういう関係なんだい。さっきの説明じゃ分からないよ。その辺、ご飯でも食べながら根掘り葉掘り訊かせてもらおうか！」

「調子のいい」

「それじゃあ雨甲斐は一人飯にする？」

「……そうは言ってない。今さらパンを買いに行くのは不合理」

「なら決まりだね！　そういうことです主将！　この晴澤、陰湿な雨甲斐の説得に成功しました！　なので、もう一回ウインクしてもらっても良いですか!?」

「あ、ははは……あたしを神聖視するのは部活の時だけにして頂戴ね」

「嫌です！」

「あのさぁ、即答しすぎだから」

息付く間もなく、どうにか話はまとまったようである。そうと決まれば次は行動あるのみだ。俺は先輩達に断りを入れ、少し離れた雲雀野の所へと赴いた。

「なあ雲雀野、今日の昼飯なんだけ、ど」

先程の日暈部長を石像に例えるなら、雲雀野はブロンズ彫刻になっていた。

小説で表現すると三点リーダー四セット分の無視。まさしく直立不動――ロダンの考える人を彷彿《ほうふつ》とさせる佇まいで、自称探偵は悩んでいるようだ。

この状態になると、大抵のことは耳に入らなくなる。推理小説を読んでいる時と同じで、寄り道せず脇目も振らず、没頭してしまうのだ。少し揺らした程度ではビクともしない。極端なちょっかい、ないし大声を掛ければ気付いてもらえるのだけれど、その後の斜めになった機嫌を直すのには一苦労だ。

ならば、どうするのか。対処法としては至ってシンプルである。

「事件だぞ、雲雀野」

「何がっ⁉」

これこの通り。次いで嘘にならない言い回しでも用意していれば完璧だ。俺は乱れた黒髪に言葉を重ねた。

「ほら、昨日会った部長さんが居ただろ。昼ご飯に誘われてさ、雲雀野もどうかなってぇえイテテててて‼」

「ど・こ・が、事件なのよっ」

「憧れの先輩から誘われただけで事件じゃないっすか手ぇ緩めて下さいお願いしますぅ！」

「もう、せっかく何か出かかってたのに台無しだわ！」

それは好都合。尚も曲がらない方向にされている手首は痛いのだけれど。

「は、話、事件の話を訊けるかもしれないんだ！」

「……それって、あの手紙の？」

「そう！　だから、放してくれっ」

最終的には気分を害してしまった雲雀野は、ふんと鼻を鳴らして俺から離れた。

「どういうことよ。何で陸上部の部長が出てくるの？」

「詳しくは後だ。まずは昼飯を買ってくれ。あー……まだ人は多いけど、来た時ほどじゃないだろ。先輩達を待たせるわけにもいかないしな」

「たち？」

そう言うと雲雀野は片眉を上げて俺の後ろを覗き見た。目線だけで追いかけると、趣味の悪いことに三人は、こちらの会話を遠くから眺めていたようだ。パンを抱える日暈部長は微笑ましく、雨甲斐先輩は興味なさげに、どういうわけだか晴澤先輩に至ってはピースサインを突き出している。頭のネジが外れているんじゃないか、あの人は。

「だから雲雀野——と」

促すまでもなく、スタスタとパンを求める群れの中へ歩き始めていた。心なしか目が据わっていたのは気の所為だろうか。

完全には明けきっていない梅雨の季節ではあるものの、こうして快晴の日には高温多湿な陽気が襲い掛かってくる。春だろうと、おそらく冬でさえ、このパン争奪合戦は繰り広げられているのだろう。特に夏場になれば熱にやられ、いつも以上に周りが見えなくなる生徒も居るはずだ。

そんな風に思っていた俺だったが、次の瞬間、信じられない光景を目の当たりにした。

動きを止めたのだ。一塊だった人が。さながら神の御業の如く。あたかも電車の中で露出狂が現れた時のように。あるいは戦場の猛者共が危険を察知したのか。所々で悲鳴が聞こえる。誰よりも強く殺気を放っていた雲雀野は、そのままパンが並べられている長机まで行き、あらん限りの力で小銭を叩き付けた。

「あんぱん、それとコッペパンっ‼」

おばちゃんが震えながら手渡すと、阿修羅が宿ったかのような形相で踵を返す雲雀野。

どうにも代金は、ピッタリだったようだ。

＊

学校には決して踏み入ってはならない、男子禁制の空間があるというのは周知の事実だろう。それは今に始まったわけじゃない。人が羞恥心を覚えてからというもの、脈々と受け継がれてきたコモンセンス。一度《ひとたび》そのタブーを犯せば、非難の目を向けられること請け合いだ。下手をすれば裁判沙汰にだってなる。だというのに逆は違う。

俺は常々思ってきた――男女は平等であるべきだと。紳士淑女たれ、フェミニストになるべきだと。そうさ、性別は違えども同じ人間、尊厳だって同等のはずである。

「んじゃ……ほとんど初顔合わせなんだし、自己紹介からしよっか」

ベンチに腰を落ち着けた日暈部長は、ホルダーのところで鍵を一回転させて握り込み、胸ポケットへと仕舞った。手馴れた仕草だ、様になっていて格好良い。両サイドに晴澤先輩と雨甲斐先輩が座り、その正面には俺と雲雀野が所在なさげにしている。

匂いに気を遣っているのか、ラベンダーの消臭剤が香る室内だった。これは俺に心を落ち着かせろという仄めかしだろうか。

……そうじゃなくて、だから権利と倫理の話だ。

片方が許されて、もう片方が許されない――なんていうのが、そもそも差別の発端だと思う。無論のことだけれど、人間社会は不平等だ。容姿からして個々に格差があるし、どうしたって静かな水面みたいにはならない。それぞれ変化があるのが当然で、波風立つのも必然だ。それでいい。だがしかし、理想は掲げて然るべきなのだ。そこで諦めては何も成さない。想起し、実現に移してこそのマニフェスト。有言実行だ。まあ、俺の理想は今のところ、無言で不実なのだけれど。

「こっちの二人は晴澤と雨甲斐ね。あたしの一つ下で……一応、目を掛けてる後輩、かな。さ、挨拶して」

日暈部長の指示の元、まず真っ先に挙手したのは晴澤先輩だった。言われてもいないのに立ち上がり、スポットライトで照らしたかのように明るく笑った。思わず目を逸らしてしまいそうだ。

「えーっと？　キミ達一年坊だよね。なら敬語は無しってことで！　陸上部二年、主将に愛ある忠誠を誓う、晴澤茜《はれさわあかね》だよ。よろしくね」

よろしくお願いします、とだけ会釈する俺。ツッコミを入れる気すら起きない。こちらとは、とんと落差が激しかった。晴澤先輩の勢いに追いつくには、炭酸飲料を一気飲みするくらいの覚悟が必要なのだろう。

高いテンションという意味で近しいはずの雲雀野はと言うと、自己紹介が終わった後も晴澤先輩を凝視し続けていた。肘先で牽制するが素知らぬ顔だ。止めておけって、もう昨日の事件は探偵しないんだろ。何を勘違いしたのか、晴澤先輩はニカリと人懐っこい笑みを返している。あからさまな敵意以外は受け取らない、稀有《けう》な善人なんだろう。

……そうでもなくて、つまり自由とは何たるかという話だ。

男子禁制の空間があるのなら、どうして逆は無いのだろうか。仮に女子禁制の場所があったとしても、立ち入りが咎められないのなら無いのと一緒で。それなら仕方のない事情を抱えた男にだって、入室する自由はあるはずだ。悪意が無いのだから悪くない。悪気は無いのだから悪ではない。断じて言おう、俺に下品な魂胆などは無いのだ。

「晴澤、あたしは立てられた覚えないよ、そんな誓い。ま、いいや。次は雨甲斐の番ね」

大体、だ。俺は日暈部長に言われるがまま、されるがままに付いて来たんだ。

『とっておきの場所があるんだけど行ってみない？』と誘われ、即座に頷いた――それだけのことである。罪深きは日暈部長であり、この中で唯一の男である俺じゃない。

そう暗示を掛けると、心が羽のように軽くなった気がした。別に、どうってことはないだろ。学校に在籍していれば誰しもが通る道だ。どこの学校だろうと、どんな生徒だって、そうさ。あるあるネタだ。ありふれてる。

俺だけ特別だと思うことが、いけないんだ。うん、その意識は良くない。日本人は、そういう風にしていると差別されるんだ。目立とうとするから杭は打たれる。反感を生む。賭けてもいい、もし雲雀野が探偵なんて行為を辞めさえすれば、半月と経たずに友達が増えるだろう。水瀬とか、男だが虹林なんかも居ることだしな。要は普通に過ごしていればいいんだ。俺のように、普通にね。

誰彼なく平等に、同等の理想を掲げ、自由という翼を広げて。おかしくない。特別なことなんて一つも無いんだ。

いいんじゃないかな、女子更衣室でお昼ご飯を食べたって。

……あるある……だね……うん。

ああ……いや……何も、考えないことにしよう。

「雨甲斐《あまがい》、香枝《かえ》。陸上部二年」

寒色のフレームを押し上げ、雨甲斐先輩は渋々といった感じで了承すると、聞こえるか聞こえないか微妙な声量で呟いた。もちろん、座ったままだ。

必要最低限。それで終わりとでも言いたげに、向かい合ってる俺達から視線を外す。短い。シンプル。だが名乗っただけでも大した物なのか、日暈部長は満足気にしていた。晴澤先輩に『よろしくお願いします』と言った手前、俺は同じ台詞を口にしたのだけれど、予想通りというか重い沈黙が返ってくる。

「ちょっと無愛想だけど、悪く思わないでね」

「人見知り過ぎるんだよ雨甲斐は」

「うるさい晴澤。よく知りもしない相手なのに、会ってすぐ仲良くなれるほど私は能天気じゃないだけ」

「何を！」

「よしなって。雨甲斐の言ってることも正しいし、晴澤が怒るのも分かるけど、ここで喧嘩しないの。短気は損気だよ晴澤。雨甲斐も、あんたは少し建前が足りないよ。世の中、常に間違ってないことが正しいとは限らないんだからね」

「……はーい」

「すみませんでした」

ですが——と言いかけ、雨甲斐先輩は雲雀野の方を見て、またしても口を塞いでしまった。

うーむ。なんだか思っていた以上に壁がある。取り付く島もないとは、このことだ。

「あはは、ごめんね、変な空気にしちゃって」

「いえ、そんな」

申し訳なさそうにする日暈部長に、ここは得意の愛想笑いで便乗しようかと思ったんだが、俺の隣に居る奴が裾を引っ張り阻んできた。

「あ、明義、あの二人って、昨日の」

近い耳元で囁くな、手で隠しても意味ないからな、それ。俺は動揺しまいと雲雀野を遮って立ち上がり、自己紹介を続けた。いくら何でも目の前での耳打ちは失礼だしな。

「それじゃあ次は、こっちの番ですね」

そして普通に名乗る。

苗字と名前、その両方と学年を。

「え……てん……何？」

首を傾げる先輩達。日暈部長は分かっているだけに、クスクスと笑い声を漏らしていた。

ああ、いつもこうだ。どれだけ発音と滑舌を良くしても、皆一回で聞き取ってくれない。毎度のことながら俺は二度目の名乗りを上げる。

「……それ、苗字？」

雨甲斐先輩の的確な一言に爆笑しだした日暈部長。

ええ、そうでしょうとも。どうせ俺の苗字は珍しいし長いし言い難いですよ！　幼小中高、現在進行形ッ、俺がどれだけ担任教師に迷惑な奴だと思われたことか。思うだけならまだしも、中学校時代には『お前はアレだな、面倒臭い』とまで口に出されたんだぞ。馬鹿にしやがって。誰にも苗字で呼ばれない苦悩を知ってくれってんだ。

「あ～っ、そっかぁ！　だから主将は名前で呼んでたんですね！」

「まあね。初めから、そうだったたってのもあるんだけど……言い易い方がいいし」

「確かに」

納得して頂けましたか、そうですか。じゃあ謝ってください先輩方！　名誉毀損だ！　苗字毀損だ！　慰謝料だ！

「それにさ、あだ名を付けようにも、その苗字もじり辛いんだよね。特徴的過ぎて弄れないっていうか。噛んだりはしないんだけどさ。微妙に偉そうだし」

ごめんなさい、ご先祖様。生まれて初めて八つ当たりしたくなりました。

「んー……あ、じゃあ下の名前から『アッキーヨ』なんてのは、どうですか？」

凄いや。まるで女性タレントみたいですね。

「本人がいいって言うなら止めないけど……あの様子じゃ可哀想だよ」

「うっ、我がままだなキミは！」

「ドウモ、スミマセンネ」

理不尽に怒られた。本当に晴澤先輩は人望が厚いんですかね、霧丘先生。愉快な人ではありますけれど。

「私は……明義後輩でいい」

「おぉ」

雨甲斐先輩の提案に、俺は感嘆の声を上げてしまった。まさかのド直球。しかも新しい。適度な距離感だ。先輩後輩の立場であることを明確にしつつ、そこまで近すぎない、一定の間合いが取られている。弓道部に推薦したいほど、噂に違わぬ正鵠《せいこく》を射《い》っていた。

「そっちは気に入られたみたいだね」

「むむ、雨甲斐のくせに……！」

「というか呼び方なんてどうでもいい。これから会うかどうかも分からないのに、悩むだけ無駄」

あれ、なんでだろう、途端に悲しくなってきた。泣きそうだぞ。同じ学校なんですし、すれ違うくらいはしそうじゃないですか。

「あーそーかい！　じゃあキミは『アッキー』で決まりな！」

「それなら、まあ……」

男の子っぽくない気がするけれど、これ以上の譲歩は流石に蛇足な気がした。まして嬉しそうにされたんじゃ、なおさら拒めない。それにしても、あだ名か。付けられたのは一体いつ以来なのだろう。小学生の頃？　いや、もっと昔かもしれない。親しみのない不名誉な呼び名であれば、中学校時代にはあったのだが。

そして——残る一人。奇しくも大トリを務めてしまう、こいつ。俺と入れ替わるようにして、雲雀野はプラスチック製の青いベンチから腰を浮かせた。

ああ、入学初日の挨拶が脳裏をよぎる。

これでも小学校の頃は、皆して笑ってくれたんだ。中学校に進学して、その数は半分になってしまったのだけれど。それは仕方がないことだ。

心が成長していくにつれ、人は冷めていく。現実を知って、夢から覚めていく。きっと総理大臣になることが将来の夢だと語るくらい、荒唐無稽だと思われていたんだろう。それが多分、普通ってことだ。初めはプロ野球の選手や飛行機のパイロットに憧れるものだが、やがて一人握りの才能と努力が必要なのだと見切りを付け、最終的には自分を見計らったところに就職する。俺で言えば『何かしらのサラリーマン』に落ち着く。そういうものだ。

だから、いつまで経っても夢を追い求め、言い張り続けられる雲雀野は、異様と同時に特別で——どこまで行くのか、どこまでやれるのか、探偵行為を辞めて欲しいと思う反面、気になっていた。

ほんの、少しだけ。

「私は……雲雀野八雲、探偵よっ！」

ほんと、少しだけ！

あまりに堂々と言い切った所為か、あっけらかんと日暈部長達は面を食らっていた。

何故か赤面してしまう。俺が。まるで手を焼く娘の授業参観に来た、父兄のような気恥ずかしさだった。

「……たん……てい？」

はい、そうなんですよ、雨甲斐先輩。

「それって、あれだ、事件の謎とか解くやつの？」

概ね合ってますね。

「冗談？」

本気なんですよ、これが。自称ではあるんですけれど。

「ふふん……私こそは名探偵よ！」

「ダウト‼」

これには黙っていられない。誰が名探偵だ、こら。いかにもな構えをするな。いいから座っとけ。

「あっははは。ね、ね、面白いでしょ？」

吹き出す日暈部長だが、他のお二人さんは苦笑だったり眼鏡のレンズを磨いてたりしていた。あの、多少なりとも会話に入ってくれませんかね——と、内心毒づいているのが気取られたのか、意外にも興味を示したのは雨甲斐先輩の方からだった。

「……探偵と名乗るからには、今も事件を追いかけているの？」

素っ気なく眼鏡を掛け直し、肩から出している三つ編みの先っぽに触れる雨甲斐先輩。瞳の奥は限りなくクール。

そうか、感じていた警戒の正体は、これだ。

雨甲斐先輩は俺達を疑っている。昨日知り合ったという日暈部長の言葉から、探偵というワードを結びつけて。陸上部内の揉め事を——無かったことにしたい事件を、無闇に掘り起こすのでは、と。

「まあ、そうですね」

雲雀野の代わりに応えると、思った通り雨甲斐先輩の目付きは鋭さを増した。日暈部長は俺を信用してくれているのか、顔色一つ変えていない。ありがたい信頼だけれど、そこまで打ち解けたと受け取るには時間が足りない気がする。日暈部長としては、どちらに転んでも対処しきる自信があるのだろうか。そうでなければ単なる懐の深さじゃなく、事なかれ主義なのか。

「事件というよりかは、謎々みたいなものなんですが」

俺はズボンのポケットから例の紙を取り出した。

「……明義後輩、それは？」

興味を感じさせたなら、事件は別の事件で塗り替えよう。

「雨甲斐先輩、晴澤先輩、それに日暈部長……」

三者三様それぞれに、差し出したメモ紙から俺へと視線が集まる。

恐れ多くも恐れ知らずな自称名探偵は、勝手に任命した助手の口利きに任せているのか、得意げに着席した。

「水瀬雹先輩を、知っていますか？」

「嫌な奴だよ。ほんと嫌な奴」

そう言った日暈部長は、続けざまにパンへと喰らい付いた。ホットドッグの三分の一を口の中へ納めるという、なんとも豪快な食し方だ。

まずは昼ご飯を食べながら——と口火を切って、日暈部長は買っていたパンを他の先輩方にも配り、きっちり『いただきます』と手を合わせ、いきなり暴言を吐いたのだった。

一瞬、俺が嫌な奴だと呼ばれたのかと思い、焦ってしまったのは内緒だ。

これだけ上級生が集まれば、もしやとは思っていたんだけれど。物は試しで、訊いてみるものだな。

咀嚼《そしゃく》し終えた日暈部長は、晴澤先輩からお茶を貰って一息つき、まるでパンの味が苦かったかのようなトーンで話し始めた。

「知ってるも何も、あいつとは部長会議で会ってるよ」

「部長会議、ですか？」

「そうそう、三ヶ月に一回の。ん？　文科系と運動部で分かれてやってるから、三ヶ月に二回だっけ。あ、生徒会の人達も同伴でね。部活動の成績とか発表したりするんだけど、その後の予算争奪戦がメインかな」

　へぇ、そんなことまで生徒が決めているのか。そういうのは顧問がしているものだと思っていたけれど、高校生にもなれば珍しくはない、のだろうか。自分で自分の部活をアピールして、予算を勝ち取る――なんともシビアな学風だ。

「あ～、あれですか！　主将、やっと戻ってきたと思ったら、すんごく機嫌悪そうにしてますよね」

「近寄り難い」

「ごめんごめん。まーでも、しゃーないでしょ。あんなに人の弱みをネチネチ言われ続けられたんじゃあさ」

「――っ、そいつに言われたんですか⁉」

　激昂。晴澤先輩の表情が険しいものへと変わる。今までの和やかな雰囲気からは想像だにしない豹変振りだった。すぐにでも教室に乗り込んで、暴れださんばかりに。

「座りなって晴澤。言われたの、あたしじゃないんだからさ」

「な……え。そう、なんですか？」

「あたしなら部活まで持ち帰らずに、その場で言い返してるよ」と日暈部長は皮肉めいた口調で苦笑した。やだ男らしい、姉御と呼ばせていただきたい。

「話は最後まで聞いてから判断」

「……うぅ、悪かったよ雨甲斐」

「気にしてない。怒鳴り声が耳障りだっただけ」

「あ〜も〜、素直に謝ったのに、ああ言えばこう言う奴だな！」

これから先、どんなジョークだろうと、晴澤先輩の前で日暈部長をバカにはしない。そう心に刻んでおこう。

ややあって、日暈部長は仕切り直しに咳払いを一つ入れる。

「他の運動部だよ。あいつ、根拠の無い成績には容赦なく突っ込んでくるんだ。『これこれこういう精力的な活動をしてます』だけじゃ『で、論拠は？』の一言で片付けられちゃう。予算の決定権は生徒会にあるはずなのに、そのお株を理論武装で奪ってるような感じでね。部費が無いと道具も揃えられない。成績は落ち込んで、部員も減る。陸上部や野球部みたいに、どこも部室があるわけじゃないしね。取り上げられでもしたら見るに堪えないでしょ。悪循環さ。ありゃあ相当、周りから疎まれてるんじゃないかな」

「うへぇ、雨甲斐みたいな奴ですね」

「バカじゃないの。他の部活から予算を勝ち取りたいなら、足を引っ張り合うのは普通。ですよね主将」

「本来の意図とは違うんだろうけどね。競い合うように、切磋琢磨させたかったんじゃないかな、先生達は」

対部活同士での競争意識。それも予算が掛かっているともなれば、自然とモチベーションも上がるのだろう。

「上手いこと、いきませんね」

「……そうだね。探偵ちゃんも、そう思うでしょ？」

「ふぇ!?」

おい聞いてたのか素人探偵。お前まさか、全部俺に丸投げする気じゃないだろうな。あんパンに夢中になっててんじゃねぇよ。

「あ、明義。探偵ちゃんって、私のこと、探偵ちゃんって」

ああもう、嬉しいのは分かったから裾を引っ張るな。あと小声じゃなくて、もうちょっと音量上げてくれ。こそばゆい。

日暈部長は水筒のキャップに残った麦茶を飲み干して、軽く溜め息をついた。

「幸い、ウチの部は毎年実績を残してるから被害も無いんだけどさ。大会とか、他校との練習試合をやってない部活はキツイと思うよ」

「三ヶ月の間、何もしてなかったのなら自業自得なのでは」

「それを言っちゃあそうなんだけどね、雨甲斐。色々とあるんだよ、きっと」

「だとしても、それで恨むのは不当。その人は的確な指摘をしてるだけじゃないですか」

「なんだよー雨甲斐、やけに肩持つじゃん」

「別に。ただ一方的な批判は嫌いなだけ」

「あの」

何となく険悪なムードになりそうだったので、俺は隙間を突くようにして話題を逸らした。

「ということは、水瀬先輩の部活は良い成績なんですよね？」

「ああ、うん、柔道部ね。そりゃもう他人にケチ付けられないくらい練習してるよ、あそこは。あたし達より朝練始めるの早いし、なんたって部長がねぇ……あいつだからさ」

「厳しいんですか？」

「らしいね。詳しくは知らないけど。あ、そうそう、友達に柔道部を辞めちゃった子が居てさ、『水瀬が部長になってから雰囲気が変わった』んだって」

「ほーら、人の粗ばっかり探してるから、そうなるんですよ。ハードなだけなら退部者も続出しますって」

そこで何故か、日暈部長は首を横に振る。

「違うんだよ……逆なんだよ、晴澤。むしろね、水瀬が部長に代わってから、入部者は増えたんだ」

「へ？」

「そういうところが嫌なんだ、あたしは。あいつってさ、やたらと努力してない奴は目の敵にするんだけど、その分メチャメチャ自分を追い込んでるんだよね。いつも切羽詰まってるみたいに」

他人に厳しく、自分に厳しい。その見解は、例え肉親だろうが赤の他人だろうが同じなようだ。

「たかが部活って言い方はしたくないけど、あたしは趣味の範疇だと考えてる。好きだから続けて、嫌なら辞めていく。強要なんてできないし、しちゃいけない。だから本気じゃない人まで切り捨てるのは、やり過ぎだよ。ずけずけ言うだけあって、しっかり部員のことは見てると思うけど」

うんうんと頷く晴澤先輩。何か思うところがあったらしい。

「それにさ……」

隣でパンを千切りながら食べていた雨甲斐先輩を一瞥して、日暈部長は微笑を浮かべた。

「誰かに意見するのって、その相手を知ってないと、できないことじゃない？」

直後、喉を詰まらせた雨甲斐先輩は顔を赤らめていた。

水瀬先輩に関わる話は、それっきりだった。

あとは日暈部長が主体となって、晴澤先輩の笑える失敗談だったり、雨甲斐先輩が日焼けを嫌ってフードに長袖スタイルで練習しているだとか、雲雀野の迷宮入り事件を暴露したり——のべつ幕なしに喋っていた。最後に俺が大のおにぎり好きだという誤解をされたのは納得いかないのだけれど。まあ、そんなオチが付いたところで、昼休みは楽しく過ぎていった。

五時限目は週に二度しかない家庭総合。今日は教室での授業だ。テーマは『充実した暮らしを送る為には』という、えらくプライベートな内容である。

担当教諭によって配られた用紙に、自分の生活に必要な環境を書き連ねていく。そして回収の後に匿名で公開。それは面白いほどに個人差が出ていて、コンビニの一つで済ませる輩も居れば、ボーリング場や映画館といったアミューズメント関係に逸れていく人、真面目に仕事やデパートという答えもあった。ユニークな珍解答で、本屋と事件が起こりそうな所、と書かれてあったようだ。アホかと。

そのまま俺は恥ずかしさに俯せ、授業をシャットアウト。チャイムが鳴るまで考え事をしていた。

まだ迷っている。一向に答えが出ない。狭くて身近な問題であるが故に、どうとでもなってしまう。可能性は無数にあって、どれも選んだ先の予測ができない。最悪と最善の違いも、よく分からないまま。

「とうとう、最後の授業が来ちゃったわね……」

「何してんだよ雲雀野、六限目は音楽だろ。早く移動するぞ」

「もうっ、明義は危機感とか無いの？　これが終わったら放課後なのよ！」

「そうだな。でも、こんだけ考えて分かんないんじゃ仕方がないだろ。降参だよ降参。暗号解読なんて無理だったんだ」

靴箱に入ってた暗号文に付き合うなんて、馬鹿げている。会ったことも話したことも無い上級生の誘いに乗るなんて、普通じゃない。

ただでさえ探偵癖という火に油を注がれて迷惑してるんだ。そこに自分から差し水を入れたりはしないだろう。痛くて染みる火傷は、したくないからな。

「……いつものは？」

それだけの理由があるとは、到底思えない。

もし仮に、何の理由もなく、俺が動くのだとしたなら。

『彼女について話がある』

「やらないよ。だって――」

何かを、口走る寸前で。

「っ……」

雲雀野の瞳が、薄っすらと潤んだ気がした。

ああ、駄目だ。

これはもう、問答無用でタイムアップを告げている。

推理小説で言うところの、解決編に移らなければいけないのだろう。

このミステリー好きで、自意識過剰な探偵を納得させせないと。

でないと。

「悪かったよ。な、とりあえず音楽室に行こうぜ。その後で」

俺は。

「放課後、状況分析してやるからさ」

*

芸術。こと音楽に関して言えば、それは才能が如実に表れる分野だと思う。例え違う表現方法でも、美術とは一線を画する気がしてならない。こうして授業になっている以上、ある程度までは努力で変わるのかもしれないけれど、才能が有るのと無いのとでは、きっと雲泥の差なのだろう。

　本日のカリキュラムは歌のテスト。歌曲は三つの中から好きに選ぶというもの。一人ひとりが出席番号順に呼び出され、廊下での歌唱が行われる。その間に他の生徒はクラシックオーケストラのビデオを見ているだけと、気楽な内容に思えた。

　一人目が始まるまでは。

　気を利かせた虹林が、さりげなくテレビの音量を上げる。だがしかし、それでも聞こえてしまう歌声。そう、漏れていた。いかに壁一枚を隔てた廊下とはいえ……いや、だからこその反響具合か。有り体に言って丸聞こえである。楽器の演奏ならばまだしも、声というのは自分自身を曝け出すみたいで小っ恥ずかしい。どうして音楽の授業で羞恥心を試されなきゃいけないんだ。

　犠牲者一号の女子が歌い終えて音楽室に戻り、やり遂げた顔で次の人を促した。そして二人目の男子が躊躇いつつもアカペラ開始。見るからに凍りついていく出席番号一番の彼女。南無三。

　そこからは、まさに出来レースの開幕である。カラオケ等で歌唱力と度胸を培った努力家や才能ある連中は点を稼ぎ、俺は情けなく小声で歌って減点されるという、まるで格差社会を体現したような授業だった。

同じ環境で育ったはずの雲雀野と、成績に開きがあるのは納得いかん。まあでも、あいつ、親譲りで地声自体はいいからな。恥なんて概念は、これっぽっちも感じてなさそうだし。音感とリズム感さえあれば、それも才能という便利な言葉で片付けられるのだろう。


そうして一日の授業は全て終了した。

朝、靴箱に手紙を入れられてからというもの、数学・英語・物理・世界史と続き、昼食を挟んでの家庭科に音楽。振り返るだけで目まぐるしく、途方も無い道のりを歩んだような気もする。かれこれ九年以上も、こういう毎日を繰り返しているんだよな。

ふと、あることに気付いた。ああ、大事なことを忘れている。まずいぞ。意識するほど催してきた。

そう言えば俺……一度も用を足していなかったじゃないか。

移動教室から自分のクラスへと戻る僅かな時間。帰りのホームルームが始まる前に、俺は階段近くのトイレに立ち寄った。学校に限定して言えば、そこは女子禁制の場所である。掃除は当番制で生徒がしているから、この機会を逃すと放課後を待つしかない。

　すえた臭いに顔をしかめる。換気で開けっ放しにしてある窓からは、セミの鳴き声が聞こえてきた。

「よー、明義」

　のけぞりながら挨拶してきたのは虹林だ。

　俺は「おー」と気の抜けた返事をして、一つ分の間を空けて並び合う。

　人気者の虹林は常に男友達に囲まれている為、まるで接点の無い俺なんかじゃ近づくことさえ叶わないのだが、それといって仲が悪いわけでもない。こんな風に話し掛けてもくれるし、空気のような扱いもしない。とても気さくな奴だ。

「なんだよ、やけにお疲れじゃん」

「まあな……疲れたよ、実際」

　ここ最近、いやに頭を使うことが起きている。今までは精々、月に二度あるかないかの『難事件』を処理してきたのだけれど、こんな尋常ならざるペースでは身が持たない。まるで中学三年の頃に立ち返ったようだ。このままでは日々削られ、磨り減って、疲弊してしまう。ペラペラの干からびたミイラに。どっかの水を得た魚の如き自称探偵と、あの人くらいのタフさを身に付けたいもんだ。

「朝から大変だったんだよ」

言うべきか言うまいか。

俺は薄汚れた天井を見上げて、嘆息と一緒に吐き出してしまうことにした。我慢は体に良くない。

「お前が手紙なんかを入れた所為で、余計にな」

「――はぁ？」

机の中に手紙を入れた犯人……虹林浩介は、あくまでも白々しく、すっとんきょうな声を上げた。

いつもは俺が雲雀野にしている態度なだけに強くは言えないが、これは相当なフラストレーションだ。分かっているのに答えない。知っているのに教えない。なまじ、こちら側が見透かしているのだから尚更だ。どうしたって無意味な応酬に思えてしまう。他人の振り見て何とやら。

なるほど、そうかい。分かったよ。

そっちがその気なら、俺の方から歩み寄るしかない。もちろんチャックは閉めてな。

「お前が雲雀野より早く教室に来てたのが、そもそも変なんだよ。野球部には専用の部室があるんだろ。そこでなら着替えもできるし、道具も揃ってる。朝練目的だとしたら、そのまま部室に行けばいい。わざわざ教室に寄る理由は無いはずだ」

「ちょっ、待て、待て待て明義。何の話してんだよ。手紙だ？　それってどういう」

俺は一足先に洗面所へと向かった。出入り口前、二つある内の右側へ。そこで蛇口を捻って手を洗う。備え付けの石鹸が、やけに小さくて使い辛い。申し訳程度の泡立ち。真正面の大きな鏡には、無表情の白けた高校生が映っていた。こっち見んなよ。

「同じクラスメイトなら俺の席だって分かる。あとは誰にも気付かれずに手紙を入れるだけだ。それこそ早朝にでもな」

「だから、お前は何を言って」

「朝練じゃないにしても、遅刻をしない為だとか、そんな理由でお前が朝一番の登校なんてするわけないだろ」

そう、俺達は高校一年生だ。まだ高校生に成り立ての、それも一学期。いくら何でも内申を気にするには早すぎる時期だ。

「……んだよ明義、いよいよ雲雀野の影響でも受けたんか？」

「勘弁してくれ」俺は呟いて、「ただの確認だって」と言葉を継ぐ。

角刈り頭の野球部員は、少しだけ不機嫌そうにして隣の手洗い場に行った。チラチラと鏡越しに視線が絡む。

「知らねーけど、手紙ってのは他の奴が入れたんじゃねーの？　どうして俺だけに言うんだよ。夫婦漫才は迷惑かけないようにやってくれ。俺は慣れてっからいいけど……水瀬の奴、困ってただろ」

「それに関しちゃ返す言葉も無いな。あ、いや、あるか。ふざけんな、何が夫婦漫才だ。振り回される身にもなってみろ」

大体、と俺は水を止めた。

「あの人と繋がりがあるの、お前しか居ないだろ。伊達に同じ中学、通ってたんだからさ」

不名誉極まりない肩書きの——『追い剥ぎ野郎』。そう俺をなじるのは、同じく『スケープゴート』と揶揄《やゆ》されていた、あの人しか居ない。

まだ懐かしくもない、中学時代でしか。

「……マジかよ。どんだけ見通してんだか」

「ん？」

虹林も水を止め、濡れた手を振り、ズボンで拭った。

「ああ、そうだよ。その手紙、確かに俺が入れたぜ」

さして悪びれている様子もない。どころか一抹の不安が取り除かれた顔をしている。

「やけに素直だな」

「急がねーと帰りのホームルームが始まっちまうからな。それに、あの人に言われてたんだよ。『自分からは名乗らないでくれ。ただし明義くんに見抜かれたら、その時は喋ってもいい』ってな」

　相変わらず回りくどいことを。

「他には？　何か言ってなかったか？」

「いんや、それだけだ。ちょうど一週間くらい前かな、何でか俺の携帯に電話が掛かってきて、渡したい物があるって流れで、それきり。あ～、おかげで寝不足だぜ、ったく。雲雀野に言っとけよ明義、あいつ朝早すぎだろ」

「……分かった。伝えとく」

　二通目の手紙には時間と場所が指定してあった。今週の土曜日、つまりは明日の午前十時だ。商店街の喫茶店と書かれていたので、十中八九『茶喪壮《さもそう》』で間違いないだろう。呼び出した狙いは、会ってからのお楽しみ。いかにも、あの人が考えそうなことだ。

「んじゃ、もう行くわ。お前も早いとこ来いよ」

「そうする。引き受けてくれて、ありがとうな」

「よせよ」

　さっぱりとした虹林にしては珍しく、嫌味ったらしい言い方で否定して、扉の前で立ち止まった。

「俺は借りを返しただけだ。礼を言われる筋合いなんてねーよ。この一週間ばかり早起きしてたのは、自分の為にやってたんだしな」

「借り……野球部の顧問にでも言われてたのか？」

「ちげーよ。野球部なんざどうだっていい。あんなストレートしか投げれない二年がエースピッチャー気取ってんだからよ。そうじゃなくて」

自嘲――しているのか、はたまた薄ら笑いでも浮かべているのか、引きつった声を震わせ、虹林はドアノブを回す。普段あれだけ明るい性格のこいつが、奈落の底にでも突き落とされたかのように、その背筋は曲がっていた。

「あの人に貸しっぱなしにしとくのが、不気味だっただけだ」

その一言を最後にして、虹林はトイレから出て行く。古いドアの軋みが孤独と虚しさを引き立たせた。

俺は閉めた蛇口を再び緩め、考えなしに顔を洗う。手が濡れたままだったので理には適っている。けれど水が跳ねてしまったワイシャツと、この気持ちを掻き消すには、到底足りない理不尽さを抱えていた。

「……ひってぇ面」

水も滴る嫌な男。これから始まる詐欺の時間。

昨日借りた雲雀野のハンカチが、心から恋しいと思った。

＊

「さくっと謎解きよ、明義っ！」

今日こそ帰り支度を済ませた俺と雲雀野は、屋上手前の踊り場に訪れた。二日目にして最早ここを根城にでもしているのだろうか。鼻息の荒い君主は、さっさと鞄を放り投げ、腰に手を当て仁王立ちした。

「時間が無いわ。向こうは待ってるかもしれないし、早速始めましょ！」

「……ん、そうだな」

雲雀野の言うことは最もだ。一通目の手紙を送りつけた犯人——水瀬雹先輩が、いつまでも待ってくれているとは思えない。勝手に呼び付けておきながら身勝手な話だが、柔道部の部長である以上、少なからず忙しい身分だろう。

手短で、簡潔に。分かり易く、騙さなくてはならない。

引き摺って、どうする。

考える時間は、覚悟を決めるだけの時間は、いくらでもあったはずだ。

保留でも停滞でもない。

いつもの通りに、するだけだ。

ミステリー小説愛好家で、自称探偵の雲雀野八雲を、誘導させる。

「もう一度初めから整理するとだ。朝、俺の靴箱に手紙が入っていた。本文としては、『彼女について話がある。放課後、次の場所にて待つ』で、その場所が『∧一＋一＋０＋０＋六＋衣∨』という暗号だな。そして差出人に『水瀬雹』と書かれていた。昨日、俺と雲雀野は完全下校間際に帰ってるから、夜に仕込んだ物では無いだろうな」

「ふむふむ。じゃあ犯人は水瀬雹で決まりね」

「いや……そうとも限らなくないか？　もしかしたら水瀬先輩を語る別人かもしれないぞ。妹の水瀬さんも『意味がないことは絶対やらない人』って言ってただろ」

雲雀野は人差し指を眉間に押し当てて、目の色を変えた。おでこに探偵専用のスイッチでも搭載しているのだろうか。

「手紙には『待つ』って書いてあったわよね？　なら明義には会うことになるんだから、偽る理由がないじゃない。暗号にした意味までは分からないけど」

「……まあな」

そう、雲雀野の言う通り、今回の犯人は水瀬雹先輩で間違いない。手紙は単純に、朝練前にでも入れたのだろう。日暈部長の証言からも分かるように、あの陸上部よりも早く朝練を始めているらしいので、時間的にも辻褄が合う。つまり、そこを覆すのは難しそうだった。

となると、残るは——

「あとはトリックと動機ね」

「動機は会った時にでも問いただすとして。トリックは暗号でいいのか？」

「そうね。結局、放課後まで分からず仕舞いだったわ」

「ま、ここまで考えて解けないいんじゃ、違うアプローチに切り替えるしかないだろうな」

「……違うアプローチ？」

小首を傾げた雲雀野は、やや苛立ちながら反復した。知ってるんなら教えなさいよ、なんて心の声が聞こえてきそうだ。しかし、そいつを言われる筋合いはない。何故なら、それは刑事や探偵ならではの十八番とも言える推理方法なのだから。

「要は犯人の気持ちになって考える、ってのだよ。違う視点に立って考えれば、意外と正解が見えてくるんじゃないか？」

「……犯人の気持ち……水瀬雹の、気持ち……？」

うわ言のように呟いた雲雀野は、俺を責めようともせず目をつむった。

数え切れない推理小説を読破しているだけあって、こいつは頭が悪いわけではない。ちゃんと悩みながら読み進めてくれる、作者にとってみれば大変ありがたいお客様だ。少しばかり順序立てる数学的な考えが苦手なだけで。暗号解読に書いたノートにしても、俺が驚くような案ばかりだったように、発想自体は決して悪くない。無数の点は打てるけれど、それを繋げられないというか。中々、上手い例えは出てこないが、平たく言うと即物的なのである。閃きだけで考えている感じ。だから思考が良からぬ方面へ傾いてしまう前に、軽く背中を押してやる。そこが千尋の谷なのかは定かでないが。

「しっかしなぁ……どこなんだか、暗号の場所は。今さら遠い所だったとしても嫌だぞ」

「――あっ⁉」

「うぉ！」

屋上だけでなく、その下の階にまで響いてそうな、よく通る声が発せられた。ピンときたからって突然大声を出すんじゃねぇよ。つられて驚いちまったわ。心臓に悪い奴め。

「天命の閃きだわ、明義！」

「一体どこの神に命じられた。それを言うなら天啓だろうが。はあ……で、何がだよ」

「暗号の場所に決まってるじゃないっ、逆算すればいいのよ！」

この場合、こいつが言っているのは数学的な計算云々ではなく、答えから逆に遡るというものだろう。きっかけさえ与えてやれば、この自称女探偵の妄想は随分と捗る。

「もっと分かるように説明してくれないか？」

不出来な生徒を演じてみせると、あたかも高慢ちきな上から目線で「仕方ないわねぇ」と口の端を吊り上げた。背丈は低いくせに態度は人一倍な奴だ。上から目線も、俺からすれば上目遣いでしかないんだよ、ちんちくりんめ。

「いい？　私が犯人なら、暗号の場所にブラジルなんて選ばない。だって無理だもの。ほとんど日本の裏側なんだから。放課後に呼び出すような所じゃないわ」

「まず聞いた瞬間に行く気が失せるな」

「でしょ？　そうなの。それと同じで、なら明義が行けない場所も、私だったら指定しない」

「…………」

「女子トイレだったり、電車で一駅先だったり、徒歩で二十分も掛かるような町外れだったり、明義が知らなさそうな場所――だったり」

それは、当然と言えば当然の配慮だった。手紙の差出人が、その相手に来て欲しいのであれば、無茶な場所を選んだりはしないだろう。大事な話であるなら余計に気を回す。向かわせる努力を怠らない。それなりに時間と場所を選んで、食い付きのいい餌で釣ったりな。

「じゃあ、この暗号は、俺が知っている所……なのか？」

「そう見て間違いないでしょうね。改めて訊くわ、明義。何か心当たりとかある？」

「……そうだな」

俺は目を伏せ、あごに手を添えた。

ここが今回の山場だろう。失敗は許されない。

雲雀野を水瀬先輩に会わせないのが最低条件だ。そこを確定させつつ、違った解釈を渡す。さながら偽札のように。暗号の書かれた手紙を、役に立たない紙切れへと変貌させる。

「ぱっと思い浮かんだのは……商店街、かな」

「商店街。通学路ね」

「ああ、なんたって学校がある日は毎日通ってる道だ。犯人が、水瀬先輩がどこの出身なのかは知らないけれど、近所にしたって電車通学にしたって、そこそこ馴染み深いんじゃないか？」

「……そうね。確かに」

「俺がよく行く店で言えば、文房具屋の『畦装店《あぜしょうてん》』に、喫茶店の『茶喪壮《さもそう》』だろ、あとは惣菜屋の『かねえん』、魚肉屋の『呑舟《どんしゅう》』で、たまに寄るのはゲームセンター『Euler《オイラー》』と駄菓子屋の『ヨシガワ』ぐらいだな」

「惣菜屋に魚肉屋って、高校生が行く場所じゃないわよね」

「ほっとけ。こちとら親が仕事で遅い日は晩飯作んなきゃいけないんだよ。お前だって何度も食ってるだろうが」

今じゃ和食も洋食も、中華だってお手の物だ。外食の際には料理のレシピを自然と考えてしまうくらいマニアに近づいている。毎日のんべんだらりと風花さんの幸せな手料理を食べてるだけの奴には、この苦労は分かるまい。

帰りが遅くなった昨日は別として、俺と雲雀野は登下校の時間帯が違う。こういった『難事件』に出くわさない限り、俺は図書室に寄るか商店街での暇潰し、もしくは真っ直ぐ帰宅している。で、こいつは事件を探して風紀委員のように校内を見回っているのだ。その生真面目さを他に回せばいいものを。

「ふぅん。とりあえず『かねえん』と『呑舟《どんしゅう》』は除外するとして、商店街っていうのは怪しいわね」

おい除外するなよ。惣菜屋と魚肉屋が待ち合わせ場所だって、いいじゃないか。『かねえん』御在宅のおばちゃんは優しいし、『呑舟《どんしゅう》』のおっちゃんも気前が良くて結構サービスしてくれるんだぞ。

「なんにしても、まあ暗号を解かなきゃいけないんだけどな。まだ候補地が多すぎる。雲雀野、今日書いてた英語のノート、持ってきてるか？」

「もちろんよ！　待ってなさい」

髪型のように乱雑な雲雀野は、踊り場の隅へ放り投げた鞄から一冊のノートを取り出した。例のページまで捲って自慢げに見せてくる。

数式説。記号説。漢字説。横読み説。ひらがな組み合わせ説。そして疑問点の箇条書き。

「こうして見ると……ネックになってるのは、『衣』って文字か」

「唯一数式と関係ないわよね。漢字の共通点だと、一と六もあるけど」

「ふむ。あ、原紙の方も見せてくれ」

「うん……ふふ、やっと気合が入ってきたわね、明義」

「気の所為だ」

さて、どうするか。正直ここまで誘導できていれば、もう解き方を教えても良さそうなのだが。念には念を入れておくべきか？　けれど時間が無いってのもあるし。悩みどころだ。

「それにしても、字が綺麗だよな」

「私の？」

「手紙のだ。お前のは丸文字で見づらいぃイダダダダ！　放せっ、話せば分かる！」

「どうせ話して分かるのは字の汚さでしょ！　ほんっとに、もぉ……ちょっと褒めると、こうなんだから」

　虹林の惚け加減を似た者同士だと感じていたが、ありゃ嘘だ。懲らしめられない分、虹林の方が楽観的に違いない。関節技を決められた所為で手紙は落とすし、踏んだり蹴ったりだ。

「止め、跳ね、払いも、お手本みたいな漢字だって言いたかったんだ。一とか、止めがしっかりしてるから、俺にはマイナスだとは見えない」

「……じゃあ、数式説は無し？」

「どうだか。ただ、これだけ文字が綺麗だと、この『0』は明らかに変だ。違和感がある。まるで上から押し潰されたみたいな——どちらかと言えば、四角いよな」

「四角い、0？」

　語尾を疑問符にしていたが、雲雀野の中でも解答が出揃ったらしい。床に落ちた手紙を乱暴に拾い上げると、近くで落雷でも見たかのように目を白黒させた。

「……これ、0じゃない」

　わなわなと肩を震わせる雲雀野。

「いいえ、数字ですらないわ。私達、とんでもない勘違いをしてたのよ！」

「なんだって？」

自分の声が酷く滑稽に聞こえた。いい加減、嫌気が差してくる。これならまだ棒読みソフトで再生した方がマシなんじゃなかろうか。

「信じられない。どうして気付かなかったのかしら、私」

頭部への労りは無いのか、片手で髪をクシャクシャにする女子高生。ふわりとシャンプーの香りが漂う。もっと早くに気付いていれば、と後悔の念を滲ませて。

「ううん。きっと、思い込んでたのね。数字と足し算ばっかりに目が行って、多分0も、そうなんじゃないかって」

思い込み、先入観、固定概念。

それは暗号の解読に当たたって、最も足枷となる要素だと思う。自分の力だけじゃ取っ払えないタチの悪さ。どうしたって目に見えるヒントがあれば、人は偏った見方になってしまうものだ。

数字の一と六が並んでおり、合間に＋が挟まっているだけで——自然な流れとして、漢字をアラビア数字へと置き換えさせられる。数学と国語は混ざらないのだと、読み間違える。答えは初めから、そこに書いてあったというのに。

「ふ、ふふふ……やってくれたわね、水瀬雹。まんまと騙されたわ」

よく言うぜ、お前が複雑に考えてただけだろうが。

またしても謂れのない罪を作った自称探偵は、肺に溜めた憤りを発散すべく息を吸い込んだ。

「この０、ただの口じゃない‼」

ザッツライト。

＊

どうして物語における探偵は、事件の謎を解かなければならないのか――雲雀野から借りたネタバレ済みの推理小説を読んでいると、そういう根本的な疑問が浮かんでくる。

現実の探偵業は素行調査が大半を占めていて、まず殺人事件などの物騒な目に遭うことは無い。鳴りを潜め、人目を避け、写真や録音といった物的証拠を収集する。例えるなら忍者に近いだろうか。暗殺はしないのだけれど、暗躍が主となる。人差し指を向けてババーン！　と犯人を指名する、目立ちたがりとは縁遠い存在だ。

しかし、真実を追究する――その知的で探究的な姿勢が、ある種の曲解を招き、数多くのフィクションを生み出したのも事実。今現在も愛されているジャンルを形作ったのは言うに及ばないだろう。物語の中に住まう彼や彼女等にも、難解な事件と向き合わざるを得ない理由がある。何の要因もなく謎を解きはしない。巻き込まれたのかもしれない、仕事として成立しているのかもしれない、犯人を懲らしめたいのかもしれない。事情があり、道筋がある。

だが俺は、そことは別で、思うわけだ。

探偵が謎を解かなければならないのは、偏に読者を満足させる為だと。

誰が犯人なのかが分からない、どんなトリックを使ったのかも明かされない、動機の一切が不可解なままだった——過去そんな推理小説があっただろうか。いやいや、これで世界は広いから、ひょっとすると探せばあるのかもしれない。が、仮に見付けたとしても、そいつはミステリーでなくホラーの類だ。やはり推理と名の付くからには、読者の想像に任せるだけではなく、正解を示さなければならない。

中途半端では、終われないんだ。

「数字じゃなくて、漢字……だった、のか？」

どの口が言ってるんだか。けれど、そうとは気付かない探偵気取りは、こくりと頷いた。

「そう、これで衣にも納得できるわ。仲間外れだなんて、とんでもない。暗号全部が漢字だったのよ！」

　俺は確認の意味も込めて、雲雀野が持つ手紙を覗き込んだ。

　0を口に変換すると、『八＋一＋一＋口＋口＋六＋衣』になる。

　漢字、足し算。この二つを結ぶのは容易だ。

「こうしちゃいらんないわね」

　雲雀野は手紙を折り畳んでスカートのポケットに仕舞い、せわしなく鞄を手に取った。

「明義、付いて来て！」

　返事も聞かず一段飛ばしで階段を下りていく幼馴染。危ない真似すんなって。怪我でもして風花さんに怒られるのは嫌だぞ。

「前見ろ、前っ」

　運動神経だけなら雲雀野の方が一枚上手である。俺にできるのは注意喚起をして、通行人が居ないことを祈るばかりだ。

　実質四階分の段数を駆けて、ようやく立ち止まったのは下駄箱。俺が追いついた頃には、既に雲雀野は外靴へと履き替えていた。まるで宝の在処でも発見したかのような血気盛ん振りだ。その地図がフェイクだとも気付かずに。

「どこに行く気なんだよ、お前は」

肩で息を切らせながら訊くと、雲雀野は「商店街よ！」と耳に掛かる髪を払った。

「暗号の場所が分かったの！　ほらほら、明義も早く履き替えて」

「商店街？」

あーもー、と新種の牛のように喚き散らし、呆れた面持ちで「犯人は『茶喪壮《さもそう》』に居るの」と声を上げる。

「なっ、どうして」

「漢字よ漢字！　喪なんて口を二つも使って、衣も入ってるじゃない！　この＋はね、ヒントだったの」

解説している時間すら惜しいのか、言いながら雲雀野は腕を絡めて俺を靴箱の前へと立たせる。まさしく強引な奴だ。

「急いで行きましょう。犯人が帰っちゃうかもしれないわ！」

「……そうだな」俺は雲雀野の肩に手を置いて「よし、行ってこい！」

「うん、行ってきま──じゃない！　ちょっと、こんな時にボケないでよ！」

「安心しろ、帰りがけに骨は拾ってやるからな」

「なによ私一人で行くみたいな話して。明義に宛てた手紙なんだから、一緒に決まってるじゃない。助手としての役目もあるし」

「俺は端から手紙なんかには興味が無いんだよ。ラブレターなら考えるが、差出人は男だしな。気になるなら一人で行ってくれ」

「ほ、本気で言ってるの？」

振り払われた手で後頭部を掻きつつ、俺は戸惑った表情を作る。

流石に二日続けて図書室へ行く口実は通じないだろう。さらに言えば、よっぽどの用事でないと断れない。そうとなれば、あれだ。

「分かった。じゃあ先に行っててくれよ。一時間後くらいには追いつくからさ」

「い、一時間⁉」

臨戦態勢。俺は腹に手をやり、男らしからぬ内股となる。この際、落ちるところまで落ちてしまおう。恥、外聞、品性なんて捨ててやる。フェミニストで紳士たれ？クソッタレだ、そんなもん。

「実は朝からずっと、我慢してたんだよ。こいつが中々の強情でな。娘が嫁ぐ前の親父並みに頑固だったんだが、さっきの階段徒競走で、やっと改心してくれたみたいだ……」

「え？」

理解しがたく、雲雀野は眉を寄せた。その瞳にはB級映画のバッドエンディングを見たかのような、半笑いの俺が映っていたことだろう。じわりと掻いた冷や汗が、妙なリアルさを醸し出している。

一応、人目が少ないことを確認して、と。

「このままだと便秘になっちまう！　それとも膀胱炎が先か。もう破裂三秒前ってか、なんならお前も付き合って——ぶっ！」

ハンマーの如きスイングで振られた鞄が、顔面を直撃した。怒りで頬を紅色に染めた雲雀野は「明義、下品！」だの「バカじゃないの⁉」だのと言いたいだけ吼え、小走りで立ち去った。

静まり返る下駄箱。佇む一人の男子高校生。まだ日没には早く、これから部活へ向かうであろう生徒が内股の変質者を蔑むように見ていた。

色んな意味で痛々しい。鼻の骨は……折れてないよな。

前哨戦を終え、コンディションは上々といったところだ。はたして気が重いのは、これからのことを慮ってか、雲雀野に対する罪悪感からか。

いずれにせよ、気合は入れておかなければ。

どうやら楽しい話じゃ、なさそうだしな。

＊

問題の正解へと歩み寄りながら考える。

これで本当に良かったのか。どこかで見落としは、矛盾は無かったか。そんな粗探しに頭を絞っていく。ふとした巡り合わせで雲雀野が気付いてしまうことは、ないのだろうか。商店街の『茶喪壮《さもそう》』――そんな場所に犯人など居ない。いくら捜せど無駄足だ。そこで諦め、そのまま自宅に帰ってくれれば、風花さんも安心させられて一石二鳥なのだが。その後、雲雀野が学校へ戻って来てしまう可能性。ましてや、これから俺が向かおうとしている所に辿り着く確率。今日一日の言動。それを思い出す。学生鞄を持ち直し、空を見上げながら鑑みる。

まだ白い雲が背景となって、気持ち良さそうに滑空する二羽の鳥。仲睦まじく飛んでいる様に一石投じてやろうかと思ったが……やめておこう。無粋な八つ当たりを仕掛けるより、謎かけの整理をする方が先決だ。

ノートに綴られた解読の成果。

雲雀野が立てた仮説は、ほとんど答えに近かった。

数式説は＋のアナグラムを見るより明らかで。

記号説にしても、漢字の一つひとつをパーツと捉えるなら、決して間違いとは言えない。

漢字説で概ね当たりなのだが、それ単体では意味をなさず。

横読み説というのを、漢字の回転に機転を利かせていれば、あるいは惜しいなと思うけれど。

ひらがな組み合わせ説の組み合わせ、これに拘りを持ってさえいたなら。

雲雀野は——探偵になれたのかもしれない。

大きな陰に飲み込まれ、そこは薄暗かった。足元には雑草が生い茂っている。無骨なポンプ室が鉄の塊として鎮座しており、どこか人を寄せ付けない、廃墟のような侘しさがあった。

犯人である水瀬雹先輩は、後ろ姿で待っていた。黒帯の柔道着に身を包み、まるで葉の擦れる音でも聞いているかのように立ち尽くしている。

ご苦労なことだ。朝の雲雀野とは違って気の毒だなんて思えないが、さぞや俺が来るまで退屈だったたに違いない。


こんな、人目のつかない、校舎裏じゃあな。


「水瀬雹先輩……ですね？」

「そう言う君が、あの明義くんか」

身を翻した水瀬先輩。七三分けにした髪型、微かに垂れた目元。その背丈は俺より少しばかり小さかったのだけれど、自信の表れとも言える態度が体格差以上の圧迫感を与えてきた。相手は落ち着き払った口調の三年、こちらは一年生。その年齢の所為かもしれないが。

「で、彼女は？」

「……雲雀野なら、商店街で犯人探しをしています。あなたの、思惑通りに」

「お見事だ」

ある種の、予定調和のように愉快な表情を浮かべていた。心の中で拍手喝采でも送っていそうな。顔は兄妹ということもあって似ていたが、中身の性格は天と地ほどの差があるようだ。

何故、水瀬先輩が暗号なんて手間な方法を選んだのか。それは雲雀野の幼馴染である、俺という人物を知っていれば分かるだろう。

この学校で起きた『難事件』に携わり、もしそれを内側から眺めていたのなら、自称探偵を騙している存在に勘づいたとしても不思議じゃない。

そう、水瀬先輩は、初めから雲雀野に手紙が読まれてしまうのを予見していた。だから暗号文にして、俺に答えを捏造しろと暗示させたんだ。探偵を騙し、そして騙した人間を操る。思い通りにされて癪に障ったが、利害が一致していた以上、俺は黙って乗ることにした。

「それなら、あの暗号を君は解き、ここへ来たわけだ」

「ええ、ちゃんと解いてから来ましたよ」

暗号文『∧一＋一＋口＋口＋六＋衣∨』を、雲雀野が示した、全ての仮説を持ち寄って読み解く。

校舎裏の『校』で＋を二つ、∧と六を一つずつ。『舎』では∨、＋、一、口を、それぞれ一つ。最後の『裏』は残りの＋を二つ、一、口、衣を使う。僅かな無駄もなく、時に合体、もしくは回転、はたまた分解させ、余すことなく使い切る。

それこそが掛け値なしの、真のトリックだ。

裏の亠《なべふた》は、だいぶ苦しい気がしたけれど。

「僕なりに引っ掛けも用意したんだが……その様子では無理があったようだ。反省しよう」

その割に頭を下げる素振りがない水瀬先輩は、面白がるような笑みを絶やさない。

「僕が君を呼んだ理由については、もう分かっているのかな？」

「確証は無いですが、何通りかの予測はしています。その格好ですと、部活を抜けて来たんですよね？　なら要点だけ言ってください。聞くだけなら聞きます。手っ取り早く済ませましょう」

「話が早いな。飲み込みもいい。断るのを前提にしているのは気に食わないが」

慎重に言葉を選びながら、水瀬先輩は「では本題だ」と口を開いた。

「彼女――雲雀野八雲くんを、柔道部に勧誘したい。君には、その口添えをして欲しい」

「嫌です」

俺の即答にも、僅かな揺らぎすら見せない水瀬先輩。かえって嬉しそうでもあった。

とことん、やりづらい相手だ。

「あいつに直接言ったら、どうですか。俺なんかを通す必要は無いでしょう」

「彼女が一人で、ないし君と彼女が二人で来ていれば、そうしていたのかもしれない。だが実際は、そうじゃなかった。彼女を騙し、君は一人でここに居る。だとすると、僕が懸命に雲雀野くんを勧誘したところで、間違いなく君に相談していただろう。そして君の口車に乗っていたはずだ。反論はあるかな？」

「………………」

高校での雲雀野は、俺以外に友達が居ない。相談相手ともなると両親か幼馴染に巡ってくるだろう。

自分だけでは解決のできない、『難事件』と称しては、俺を頼ってきたように。

喉元からせり上がってくる感情を、苦し紛れに吐き出した。

「中学二年で辞めたんですよ、あいつは。おまけに級も段も無い。柔道部の部長が直々にスカウトする価値なんて、本当にあるんですか?」

「ある。他校の部長としてだが、中学の県大会で見ていたからね。実力は折り紙つきだ。辞めたと聞いた時は、まさかと耳を疑ったよ。あれだけの才能があったのに、とね」

柔道のことは授業で習った程度にしか知らない。ただ団体戦や個人戦を問わず、俺が観戦した大会での雲雀野は、秒殺とも言える速さで対戦相手を打ち負かしていた気がする。

だが、それも中学時代での話だ。一年以上ものブランクを抱えて、今また最前線へ返り咲けるとは思えない。スポーツの世界は、それほど甘くはないだろう。中学と高校では実力に開きもあるし。

いいや、それこそ知ったか振りな考えか。

「なら尚のこと、その熱意は本人に伝えてやって下さいよ」

「断られると分かっているのに? 無意味だよ、それは。結果が実らなければ意味はない。僕は僕なりに最大限の根回しをして、最善を尽くす為にこうしている」

そんなの、知りませんよ。努力したから褒めてくれれと、言わんばかりじゃないですか。

「俺の答えは出しました。帰ります」

これ以上、先輩の物言いを聞いていたくはなかった。このままだと、自分の何かが変わってしまいそうで、周囲の何かが変化しそうで、落ち着かないんだ。

背を向けて歩き出す。振り返りはしない。

「残念だよ。君にとっても悪い話じゃなかったんだが……」

未練がましい台詞にも応じはしなかった。これで終わりだ。もう水瀬先輩と会うことも無い。

やっぱり、ここへは来るべきじゃなかった。こんなことなら雲雀野と帰った方が、まだしも楽しめたはずだ。あいつは、こうしている間にも犯人を見付けようとしているのだろうか。今からでも遅くない、会おう。それで、事件は無かったことにして、家へ帰るんだ。また明日からは、いつも通りの距離感で。

しかし、にも関わらず、背後からは水瀬先輩の取り澄ました声が流れた。

「だって君、彼女は迷惑だと、そう思っているんだろう？」

足が止まる。

見えやしないけれど、水瀬先輩が冷笑を浮かべた気がした。

「彼女――雲雀野くんを、君が憎からず思っているのは聞いているよ。情報源は明かせないが。少なくとも周りには、そう見られているようだ。文句こそ垂れるが愛想は尽かさない。渋々ながらも横に控え、孤独にはさせない。雲雀野くんが突き進み、その保全を君がする。それが長年続けてきたであろう、君達のスタンス。けれども、君は一度として思ったことはないのかな。彼女が、雲雀野八雲という人間が、普通であれば良かったと。探偵というレールから踏み外した行為をしていなければ、もしかしたら今頃……と、気の迷いで、いや幾度となく、考えてみたことがあるんじゃないか？」

一本一本、丁寧に、紐解かれていくような感覚だった。

何の権限があって、この人は口喧しく述べているんだろう。

舞台役者みたいですね。寒いんですよ、そういうの。

「葛藤が、あるんだろうな。おそらく僕が想像できないほどの、清く純粋でいて歪んだ思想が。矛盾を孕んだ信念が。探偵を辞めさせるべきか——何年もの間、その程度の疑問すら解消できていないのは、そういうことだ。君は畏れている。だから逃げて、いつか来る回答に怯えながら暮らす。日の光を浴びず、影に潜む。疲れないかい？　慣れてしまったかな？　そういう生き方に。彼女が探偵を目指した、その瞬間から始まった果てない自問自答の日々に」

全てを知った気になっているけれど、的外れもいいところだ。

何をもってして、水瀬先輩は仰々しく喋っているのか。

「君のことを助手だと、しきりに彼女は言っているようだね。探偵の助手。支え、橋渡し、手助け……どうでも良さそうな一言で、探偵を閃かせる。ああ、否定している割にはマッチするね。無理もない。フォローを信条としていれば、そうもなるだろう。目立たない脇役。日陰の存在。彼女が君に課し、周囲が望む君の個性は、それだ。けれど僕は断言しよう。聞き繋げた情報と、この手紙の一件で、僕が改めて評価を下そう。君は確実に、第三者の視点から見て明らかに、彼女以上の才覚がある。これは僕の考察だが、彼女は推論から仮説を生み出す才が浅いのだと思う。突拍子がないようでいて、その実、現実的な考えしかできない。基本に忠実だからこそ教科書通りの人間だ。おっと、怖い怖い。この辺で苦言は止めておこうか。本筋を逸れている間に決裂しては、元も子もないからね」

あなたは評論家のように他人を熟思しないと、気が済まないんですか。

小手先の見聞で、上辺をなぞらないでくれ。

「そこへ行くと、君は恐察と応用力に優れている。助手など必要としないほどに。探偵という枠組みに嵌めることなく。物事を解決せしめるだけの、力が備わっている。スマートでありながらもシャープ、時折シニカルでクレバーだ。枝分かれした可能性を摘み取るような、その根気。特別だよ。日常生活では気付き難いけれどね。長年に亘って君が彼女にしてきた……真実を見抜き、あえて虚偽を創り出す才能は、異端な物だ。パズルのピースを組み替え、別の絵を描くようで。それは作家に近い部類の想像力だよ」

そろそろ、いい加減に——

「こうして僕が君に釘を刺せるのは、それなりの準備をしてきたからだ。前もって綿密に、後腐れを残さないよう周到に。これでも僕はアドリブに滅法弱くてね。だから、例えば肩を並べて走ろうものなら、君がうたた寝でもしない限り追いつけなかっただろう。君はウサギで僕はカメだ。自意識過剰になって構わないよ。無理に自分の才能を卑下しなくていい。打ち消す必要など微塵《みじん》も無い。自惚れるだけの権利が君にはある。僕が君に対して行ったのは、『暗号文を靴箱に投函したのみ』だ。そこから意味不明な暗号を解析し、僕の目的と真意を汲み取り、見越した上で彼女を遠ざけた采配は、十二分に変態だ」

——して、下さいよ。

「では何故、そんな君が雲雀野八雲に固執しているのか。幼馴染とはいえ、ことごとく無視をし続けていれば、おのずと他の常識人に加われたはずなのに。探偵気取りの女子高生に付き添い、ただならぬ苦労を背負う。突きつけられた不本意を受け止め、粛々と処理する。君には、それを許せるだけの何かがあって然るべきだ。友情？　表向きは、そうかもしれないね。腐れ縁の悪友。馬鹿な奴だと、その叱責を笑い流す。

しかし、それは君が発してきた言い逃れだ。本質を捉えていない。そうだな、初対面の人物なら誤魔化せたかもしれないが、それを何年もとなると、懐疑を抱かざるを得ない。でなければ、羨望？　心の折り合いをつけるにはピッタリな単語だろうな。事実、孤独になると分かっていて探偵と自称できる人間は、そうは居ない。内面で志す者は居るのだろうけれど、言葉や行動として『探偵』を成すのが、どれほど馬鹿げた行いなのか。一般常識を理解していれば想像に難くはないからね。だからこそ憧れたり羨む気持ちもあるのだろう。まあ、そうだとしても面倒事を一手に担うには、些か以上に不十分だが。ならば恋？　端正な顔立ちをしているからね、彼女は。異性として魅力的だ。我がままで不思議なところも、あの容姿だったら我慢できるだろう。安っぽいが、家族のように接している内に惚れてしまったのかな。あるいは嫉妬で恋愛感情に気付かされることも、よくある話らしいし。それなら君が彼女に執心するには申し分ない理由だ。何でも恋愛感情に結び付ける風潮は良くないが、君達ならば納得がいく。とは言っても、真実を隠す根拠には、無論ならない。さて、どれも違う。そうじゃないとすれば。ああ、これだ。残る最後の一つは――責任」

…………………………やめろ。

「何かしらの負い目、ないし罪悪感が、あるんじゃないか？　断っておくが、それは彼女が作り出してきた容疑者候補の人達に、ではない。彼女――雲雀野八雲に対しての、君の贖罪だ。償うからこそ、君はどんな苦痛にも耐えられる。いかな厄介事だろうと役目を果たす。離れられない。逃れられない。目を凝らし、耳を傾け、首を縦に振る。呪いのように、こびりつく。彼女を一人きりにはさせない。陰ながら友愛の輪を作る。それは罪滅ぼしのつもりかな？　まるでナイトのようだ。立派だよ。だが君は、決定的な落ち度を見過ごしている。意外と自分のことは分からないものだね。これだけ周りを見渡す才があっても、鏡にでも映らない限り、自分自身は見れないし、語れない。客観的に言おう」

『ね、ねえ……あきよし、くん。わたしも、その』
『やだよ』
『……ぇ？』
『だって、おまえ――』

だって、お前が。

「君が助手の真似事なんてするから、彼女は探偵であろうとしているんじゃないか？」

理性が消える。

自分の意思で動いている感じはしなかった。

割れ物が手から零れ落ち、慌てて空中で受け止めようとするかのように。

それは無意識の行動だったと思う。

俺はこの時、物心がついた中で二度目に、冷静さを失った。

頭と胸一杯を衝動に近い激情が埋め尽くす。

身を委ね、赴くままに鞄を落とすと。

どうしてか、水瀬先輩の元へと駆け、いつの間にか痛いぐらいに、拳を握り締めていた。

口に対して手を出す――そんな思考が止まった、悪い冴えない暴挙を起こそうとしているだなんて。

何も考えられない。後先が見えない。突き動かされてゆく。

大きく目を剥き、驚愕に曝された表情。

その、顔面を目掛けて。

振り上げ、振り下ろす。

瞬間、何の比喩でも誇張でもなく、ぐるんと世界が反転した。

「か――はっ」

肺にあった空気が残らず吐き出された。背面を打つ衝撃。

何が起きた。何をやられた。分からない。

突発的な出来事に痛みを忘れる。違和感の正体が知れる前に、俺は腹ばいにさせられた。草本の青臭さが鼻につく。

「おど……驚い、たな。まさか、君が、殴り掛かってくるなんて。や、やってることが無茶苦茶だ。地面がアスファルトじゃなくて、本当に良かったよ。頭は、打ってなかったと思うけれど」

怪我の程度でも調べているのだろうか。先輩は俺の背中を触診し、大事が無いと分かると一息つき――

「これは正当防衛だ」と、体の中心、背骨の芯に、片足を乗せた。

じわじわと、痛みと同時に思い出す。これは授業で体感したことがある。その時は、こんな屋外じゃなく、畳張りの室内だった。

……俺は、投げられた、のか？

「すまないが、こうでもしないと話を聞いてもらえないからな」

はな、し。話？　俺には無いです。足をどけて下さい。

腕に力を込めるも、先程の痛みを再現された。重心を捉えた箇所を的確に踏みつけてくる。立ち上がれない。這い蹲れない。転がれない。このままじゃ、あいつの所へ、帰れない。

そうこうしている間に、水瀬先輩は本来の調子を取り戻したらしく「褒めたついでだ、次は君の欠点について、話をしよう」と切り出してきた。どこか当てつけのように。傷口を抉るかのように。

「そう……君は、例えるなら意地の悪い数学教師だ」

そいつは、水瀬雹先輩は、そう言ったんだ。

*

「雲雀野くんは……僕が預かろう」

さんざっぱら俺を持ち上げ、そして貶めた水瀬先輩は、その一言で口を閉ざした。

雲雀野が探偵を辞め、柔道部へと入る未来。俺が雲雀野から離れ、まともな生活を送ろうとする行く末。

それは真っ当で、自然なことなんだと思う。

本気で探偵を目指し、実践しようとする女子高生が、この世界にどれだけ居ると言うのか。きっと話にもならないほど少数派に違いない。何百冊と推理小説を乱読したって、それを実体験に移そうとは思わないだろう。

何故なら虚構は虚構でしかなく、波のように変化し続ける現実には則さないのだから。曲がりなりにも、自称探偵に付き合ってきたからこそ言える。いくらリアリティ重視の物語を事細かな文体で飾ろうが、実際の真実なんてものは、優しくて綺麗事ばかりじゃない。それどころか、押し並べてシビアで醜悪、生臭くて残酷だ。

現実は小説より奇なり——そんなの、比べること自体が誤りで、混同すべきじゃない。

誰だって、そう思う。なんなら、俺だって……？

行方不明な気持ち。探しても探しても見付からない。自分という人格が分からなくなる。

今の雲雀野は、俺を必要としているはずで。だが俺にとって雲雀野は、本当に必要なのか？

メリットとデメリット——利点と汚点を秤に乗せた時、どちらに傾く。

それに、水瀬先輩の口舌を額面通りに信じれば、あいつには柔道の才能があるらしい。

曰く、才能の無駄遣い。有効に活用してこその才能だと。

どうして俺は、雲雀野へ問うよりも先に、それを拒んでいるのだろうか。

水瀬先輩に敵対する理由は何だ。阻もうとする心は、どこから生まれている。

当たり前の生活に、させたくないのは――

あいつの足を引っ張っているのは、俺なのか？

『……じゃあ明義くん、キミって何者？』

『さあ、自分が何者かなんて分かりません。昔から太陽みたいな奴が近すぎる所為か、やたらと影が薄いんです、俺。強いて言うなら……日陰者ってとこですかね』

日陰者。のたまうな。意気地なしの間違いだろうが。

何が正解で、何が不正解なのか、分かってもいない癖に。

狭くて身近な問題から、目を背けているだけの愚か者。

それが俺だ。

俺が思う自身の姿だ。

結論を見送り、向き合わず、逃げ惑って。

らしく演じていろ。

風の音に草葉がなびく。気付けば、校舎の壁は夕焼け色に染まっていた。

水瀬先輩は沈黙を保っている。立て板に水を流し、喉が渇いたのかもしれない。もしくは解答待ちだろう。合否の判定を、息を詰めて切望していた。

それなら、そうしよう。お望み通りリクエストに応えて、答え合わせだ。

「何か、勘違いしてませんか？」

抵抗は虚しい。

心が急速に冷えていく。無気力、無感動。鼓動が弱まり、呼吸が整い、妙に頭が冴え渡る。

どうにでもなれ。

「ん……？」

「意味が、分かりませんよ。どうして、俺がこんな目に遭わなくちゃいけないんですか？　あなたは何ですか？　さっきから、わけの分からないことをベラベラと。確かに、殴ろうとしたのは謝ります。頭に血が上ったって、するべきじゃなかった。けれどそれは、あなたが俺を馬鹿にしてきたからでしょう」

「な、に？」

上ずった声。水瀬先輩のポーカーフェイスが剥がれた音。

「馬鹿にされたら誰だって怒ります。あいつと一緒だったから……ですかね、よく夫婦漫才だとか言われるんですが、その度に嫌になりますよ。俺は助手じゃないのにってね」

「しかし、君は」

「俺の名前は明義です、水瀬雹先輩。そう言えば、お互い何も知らない初対面でしたね。第一印象は最悪になってますが、頭のいい人は割りと嫌いじゃないです。よろしくお願いします」

「ぼ、僕は、そんなことを言いたいんじゃない！」

「痛っ、ちょっと、踏むなら優しくして下さいよ。痣《あざ》になるじゃないですか」

この場で地団駄を踏まれても困る。怒りよ静まりたまえ。

「君は、あの暗号を、解いたんじゃないのか！」

「ええ、ちゃんと解きましたよ」

「そうだろう！　なら何故、今になって」

「あれ、『わけが分からない暗号だから、手分けして探せ』ってことですよね？　雲雀野には通学路の商店街を見てもらったんですけど。やっぱり待ち合わせのシチュエーション的には、校舎裏の方が怪しそうだったんで……ついつい騙しちゃいました。なにせ俺宛の手紙でしたし」

「な……！」

「それなのに、ただでさえ変なクイズで呼び出されてまで来たのに、人のことを変態だとか助手だとか。やめて下さいよ。俺にだって堪忍袋はあるんです。黙って聞くにも限界です」

「馬鹿、な」

押さえ付けられた足の底から、弱まっていくのを感じた。

「はい、馬鹿ですよ、先輩は。どこから俺の情報を仕入れたのかは知りませんが、とんだ大嘘を掴まされましたね。ご愁傷様です」

「……全て……嘘、だと？」

信頼は無下にされ、期待は裏切られることもある。小中学校の共同生活で、それを学ばなかったんですか？　知っていて気付かない振りでも？

夢を見過ぎですよ。

「雲雀野の探偵は自称です。俺の助手は押し付けられたものです。俺達は、普通の高校生じゃないですか。ひっくり返ったって、ドラマや小説のようにはなりません。あいつ、ないがしろにされると誰彼構わず犯人扱いしちまうんで、俺がストッパーになってるだけです。事ある毎に、決死の平謝りですよ。水瀬先輩、俺が他人に頭を下げた回数、知っていますか？　おそらく今までに、おにぎりを食べた分くらいにはなるんじゃないですかね」

それは偽り無し。

「先輩の言う通りです。迷惑なんですよ、あいつは。いつだって非常識——常識を覆してきます。幼稚園からの付き合いですが、これっぽっちも慣れません。ずっと前から疲れてます。できることなら体育倉庫にでも閉じ込めておきたいくらいだ。やっと共感してくれる人が現れたんで、嬉しくて足を止めたんですが、結果的には失敗でしたね。先輩が俺を怒らせるから悪いんですよ」

今はもう、先輩の足元からは何の力も感じられなかった。

とどめとばかりに、俺は虚言を繰り出す。

「柔道部への誘いを断ったのも、部員の皆さんに迷惑を掛けたくなかったからです。

どうして雲雀野が中学校時代に柔道部を辞めたのか、先輩は知っていますか？　自分から辞めたんじゃなく、辞めさせられたんですよ。他の部員に迷惑だから――なんて当たり前のことを宣告されましてね。昔馴染みとしては、もうああいう思いはさせたくないんです。俺は正直、受身も取れないぐらい柔道のことは分かりませんけれど、中学高校と柔道部の部長だったんなら、あいつの才能が分かるんでしょう？　ことは単純な足し算と引き算です。両天秤に乗せて下さい。先輩が卒業した後も、他の部員の才能を踏み潰してまで、雲雀野の面倒を見たいんですか？」

「…………」

ついに返答は無かった。

もし水瀬先輩が、この会話を採点したのなら、大方０点を付けていただろう。問に対する答えとして、まるで成立していない。凝った暗号を作成し、早朝に靴箱へと忍ばせ、放課後の部活まで抜け出した苦労は、水泡に帰したんだ。

探偵を騙すほど狡猾だと思っていた男は、稚拙で短気な学生で。中学の県大会で目を付けていた彼女は、柔道の才能はあれど、一向に探偵癖が治らない厄介者。

見当外れ、見込み違いも甚だしい。

重みの欠片もない、乗せているだけの足が、それを示していた――かに思えた。

「それも、口から出任せだろう？」

鼻で笑われる。

ずしりと、今まで以上の痛みが俺を責めた。手加減も手心もあったもんじゃない、正真正銘の全力で、踏みつけにきている。

「あれが、あの言葉が、嘘であるわけが、ない!!」

「っ、ぁ、く」

錯乱とも言える、ぞっとするような態度だった。度重なる足踏みに意識が遠のくのを感じる。

俺は、これまでにも様々な事件と相対してきたけれど、ここまで痛めつけられたことは無い。そもそもが争わない為に、口だけは達者になったのだ。それが、こうも通じないとなると、何を言ったところで先輩の意志は固いままだろう。裏返らない絶対的な信頼。よっぽど、リークしてきた情報提供者を当てにしているのか、それとも。

「虚偽、虚勢、虚言！　本心が一つも無い！　嘘ばかりじゃないか！　君が、そんな風に振舞っているから！」

「う、が……」

背中が痛い。痛みが熱に、熱が痺れへ変わっていく。それと同時に、俺は心の中で安堵していた。

いつか、こうなるんじゃないかと思っていたんだ。嘘に嘘を重ね続けた、報いを受ける日が。

先読みをし過ぎて、万能感に浸っているから、余裕を演じているから、こういう痛い目を見る。まったく、限度というものを知れ。薄っぺらい虚栄心を剥がされただけで、ふらつくんじゃない。

「――――――」

水瀬先輩が、何かを喋っていた。上手く聞き取れない。それは俺への罵りかもしれないし、俺から雲雀野を奪う、最終勧告だったのやもしれない。

目が霞む、意識が朦朧《もうろう》としてくる。

ただ、俺の耳には、足音が聞こえていた。雑草と土を踏みしめる音。

それは歩くというより、風を切っていた。

日の当たらない校舎裏を、あたかも短距離走のコースと間違えているんじゃないかってスピードで走り、細い路地を抜けて折れ曲がり、あいつは……こう言ったんだ。

いつもと違って、憔悴しきった面持ちで、とても息苦しそうにしながら、やっと聞き取れるぐらいの小さな声で。

「あき、よし」

聞き慣れた声に、見慣れた顔。

雲雀野八雲。

だから何で、こんな所に、お前が来るんだよ。

にわかには、信じがたいことだった。痛みの所為で、いよいよ幻覚でも見えたのかと思うほどに。

おかしい。ありえない。ちょっと、待てよ。どういう偶然だ。都合が良すぎる。何で、あいつが来てしまう。そうしないように、こうならないように、俺は商店街へと向かわせたはずだ。

手順が、不十分だったのだろうか。道理に不備でもあったんだろうか。そうだとしても、数ある中からピンポイントで、ここへ着けるわけがない。自力で暗号文を解いた、のか？　断片的なヒントがあったとはいえ……あの、探偵に憧れていただけの、幼馴染が。いいや、考えられない。

しかし、雲雀野八雲は、そこに居た。その身一つ、颯爽とピンチに登場した主役。情けないほどにヒーローとヒロインの性別は逆転していたのだけれど。

商店街から校舎裏まで、一度も止まることなく走り続けて来たんだろう。その息は荒くて、早鐘が鳴っていそうな胸を押さえながら、うっすらと汗を掻いていた。

幼さの残る顔立ち。俺より頭一つ分、小さな身長。無造作なショートヘアーは、あらん限りに振り乱れている。

見間違うわけもなく、雲雀野だった。

確かに、それは理論上、不可能ってわけじゃない。だが植え付けられた先入観を破るというのは、それほど生易しくはないはずだ。

理屈、理論、理念に理想――それらが現実的であればあるほど、人は他愛もなく騙される。自分で納得したという裏付けも相まっていれば、尚更だ。現に、こういうことをし始めてからというもの、まだ真実を見破られたことはなかった。

他人を疑い続けてきたからこそ、身内は疑おうともしない雲雀野が、気付けるわけがない。

それでも雲雀野は、この場に駆けつけ、その困ったような、ともすれば泣きそうな瞳で、俺を見ていた。

あれだけ捜していた犯人になんて目もくれず、俺だけを。

「ひばり、の」

無理矢理ひねり出した声の所為で、余計に喉の奥が絞られた。後悔と懺悔が入り混じる。

この感情は、一体どう表現したらいいんだろう。友情、羨望、恋愛、責任？　とてもじゃないが、短い単語では収まりそうにない。

ああ、そうだ。いつもみたいに悪態をつくぐらいが、きっと丁度良い。

だから。

突然、ぱっと出てきて、かき乱すなよ。

綺麗に、泥臭く、まとめさせてくれって。

一度でいいから、思い通りになって欲しい。

お前って奴は。

いつも、いつもいつも。

変わらず。昔っから。嫌になるぐらい。

退屈させないよな、本当に。


「────」

言葉を失う水瀬先輩。下手をすれば俺以上の動揺をしていた。これほどのアドリブは他にないだろう。なにせ幼馴染の俺でさえ、雲雀野の行動を予測など、できた試しが無いのだ。脚本じみた台詞や演出なんて、こいつの前じゃ通用しない。

なんたって雲雀野は、この状況を、ちっとも理解しちゃいないだろうから。

「ど……けて」

そうとなれば、見たままを感じ、読み取るだけだ。

人の目に触れない校舎裏。倒れた姿で呻く俺。その背中に足を乗せている上級生。

安心感が怒りへと変わるのに、そう時間は掛からなかった。わななく雲雀野の唇が、かろうじて言葉を紡ぐ。

「明義、から」

かつてない怒気の兆しに、ぼやけていた意識が戻り、目を見張る。呼吸が止まって肺の奥から凍りつく。あれこれと考えていた事柄が吹き飛んだ。

止まれ。やめろ、雲雀野。

違う。

動け。

何、しているんだ、俺は。

このままじゃ、さっきの二の舞じゃないか。

雲雀野が危ない。

今すぐ足を跳ね除けろ。

平然と立ち上がれ。

そうだ、そして。

それで――

『君に彼女は御しきれない』

俺に、何ができるんだ？

「離れて‼」

「――ッ、八雲！」

自分が何を口走ったのか、そんなことを気に留める間もなく。

とんでもない速度で間合いを詰めた雲雀野は、こともあろうに俺の頭上で、柔道技を繰り出した。

背中に乗せられた足首を狩るような、半月を描く払い。バランスを失ったところに、すかさず捻りを加える。

一瞬の躊躇か、それとも油断をしたのか。

驚くべきことに、投げ飛ばされたのは水瀬先輩の方だった。

腹ばいの俺を仰向けにした雲雀野は、肩を掴んで身体を揺すった。

「あ、明義、明義！」

「……雲雀野……どうして、ここに」

「バカ！　明義こそ、どうして話してくれなかったのよ！」

話せる、わけがないじゃないか。これは俺の問題だ。俺だけで解決しなくちゃいけない問題なんだ。ずっと抱えていた。心の隅に仕舞ってた。ひょっとしたら、間違いを恐れていたのかもしれない、人生の選択。

続けるのか辞めるのか。与えるのか奪うのか。今日こそは、その質問を終わらせないといけない気がして。

雲雀野は怒鳴っているものの、どこか悲しげな表情で俺に手を差し伸べた。踏みつけられた背中には響くけれど、立つことはできる。

「もぉ……変に気なんかつかって。こんなに、なるまで」

そうじゃない。元はといえば、俺が悪いんだ。これまで、沢山の嘘をついて、お前を騙し続け陥れ、たった一人の自己満足の為に、ちょっとした変化も嫌ったが故に、色んな人を巻き込んで、利用しては謀って、傷つけてきた。

こうなるのは、当然の報いだ。これで許されたとも思わないが、償うにしても、どうすればいいのか分からないから。

俺が、その原因だとするのなら。

せめて、これから先は、人様の、迷惑にならないように。

厄介者で、けれど臆病な、小生意気でも、なんでか憎めない、雲雀野八雲との関係を。

関係を。

「ねぇ、どうしてよ、明義。言ってくれれば、私が誤解を解いたのに！」

…………うん？

「水瀬凪を容疑者にしたのは、私でしょ!?」

——え。

あれ、何だ。

俺、どこかで気を失ってた、のか？

「それで明義が傷つくなんて、おかしいじゃない！　いくら助手だからって、そんなの……」

「ちょっ、待て」

話が見えない。いや文脈が繋がらない。聞き漏らしじゃないなら、どういうことだ。この局面にも関わらず、盛大なボケでもかましてるんだろうか。今にも泣きそうな怒り顔で。俺がベテランの芸人だったとしても、流石にツッコミきれないぞ。

「すまん、あとでいくらでも質問に答えるから、先に教えてくれ」

俺は感極まって逆に冷めた気持ちで尋ねる。

「お前は、どうして校舎裏に来たんだ？」

「そんなのっ、明義がイジメられるからに決まってる！　手紙の彼女は、水瀬凪のことでしょ。その兄から校舎裏に呼び出されるって……どう考えても果し合いじゃない！　高校初の事件で巻き込んだ仕返しよ！」

……あー……と、眉間を指先で挟み込む。立ち眩みにも似た脱力感。

そうきたか。よくよく考えてみれば、なるほど、斜め上だが、そういう思い違いもできる。

水瀬先輩の妹に事件と称しては、ちょっかいをかけた男——それは、はたから見れば俺のことだ。前の事件でも、今回の事件においても、雲雀野の探偵癖に巻き込んでしまったのは否めない。それをイジメと受け取られ、仕返しされると思われても筋は通る。雲雀野自身が、休み時間に水瀬を怯えさせたと自覚しているだけに。

まさしく容疑者量産機。

捕まえるどころか、犯罪人を増やそうとする迷探偵。

どこまで台無しにしてくれるんだ、こいつは。シリアスな雰囲気を返してくれ。

「ふ……は、ははっ、ははははははは」

大の字になっている水瀬先輩は、突如として笑い出した。雲雀野に投げられて頭でも打ったんだろうか。心配だ。

残った最後のピース。自称探偵と助手を押し付けられた俺は、犯人へと目をやる。

「ははは！　そうか、やっぱり、そうだったか。僕の見立ては、間違っちゃいなかった！」

「……先輩、大丈夫ですか？」

この期に及んで、まだ何かを演じるつもりなのか。けれどもう、こうして雲雀野が来てしまった以上、俺に隠すようなことは一つもない。遅かれ早かれ時間の問題だ。その時に解答が白紙なら、不正解になるだけで。暴露されるくらいなら、いっそ自分で伝えてやる。

「大丈夫かって？　大丈夫だとも」

そう言って先輩は半身を起こす。きっちりとした七三分けが崩れ、片目に掛かっている。それでも真新しい物を見たような、清々しい達成感が現れていた。

尚のこと険しい顔つきになった雲雀野は、俺の前に割り込んでくる。背の低い女子に守られるというのは、どうにも男子の自尊心を痛めつける行為だと思う。この際、荒事に不慣れなのは置いといて。

「やる気なら私が相手になるわよ、凶悪犯！」

もう水瀬先輩が犯罪者っていうのは決定事項なのか。呼び方にしても微妙にランクアップしてるし。

「いいや、今日のところは引き下がらせてもらうよ。部員が待っていることだしね。お互い、痛み分けといこう。だが、明義くん」

「なんですか」

「改めて、諦めないと決心したよ。いつか必ず説き伏せてみせよう。君達は、まごうことなき本物だ」

「……どういうこと？　明義」

「知らん。あっちに訊いてくれ」

「む、無理……」

「だろうな」

本物と偽物。本物に似せた偽物。偽物になろうとする本物。才能の有無。天性の持ち主。それは何に基づいて判別されるのか。どのように決め、誰が認めるのか。

少なくとも俺や雲雀野は、先輩の言う本物とは違う。

あれは、こんな人並みじゃない。当たり前のことで、ぐずぐず悩んだりしない。自分自身を知り尽くした上で、答えを出し続ける。よしんば間違いであっても、それが正解だろうと。振り返らずに突き進む。

それこそ、あの人のように。

「帰ろう、雲雀野」

「え、いいの？」

「……いいんだ」

俺は大きく息を吐いた。ある種の諦めなのか、自分でも驚くくらい穏やかでいられる。

「次は冷静に話し合おうか、明義くん」

「結構ですよ」

短く言い捨てる。どちらの意味でなのかは一任して。

その内、水瀬先輩も幻滅するだろう。それまで好きなだけ眺めていればいいさ。俺や雲雀野が、どれだけ平凡なのか。変哲もない生活臭を漂わせた人間か。特別？　異端？　変態？　鏡を見てから言ってくれ。

俺は自意識過剰になんて、なってやらない。


狭苦しい校舎裏を抜け、広々としたグラウンドを横切って正門へ。離れていても、ここまで野球部と陸上部の掛け声が届いた。遠く街並みを背景に、ゆっくりと橙色の太陽が傾いていく。

付かず離れず、どこか物怖じしたような感じで、俺と雲雀野は歩いていた。二人揃って、その口は閉ざされたまま。背中に感じる痛みが、逃げるなという先輩の言葉を思い出させた。

間が持てない。何を話したらいいものか。こいつと居て、こんな風に思ったのは久しぶりだ。

普段は騒がしいはずの雲雀野も、お得意の推理小説ネタや、難事件についてを……語ろうとはしなかった。

待って、いるのかもしれない。あるいは、待たせてしまったのかも。

しばらくして、正門に着いた。切り出すタイミングとしては申し分ない場所だ。

俺は歩みを止めた。少し下がっていた雲雀野も同じく。

「な、なあ、そう言えばさ」

こんな乏しい語彙《ごい》しか浮かばない脳細胞に凹みそうだ。

「お前は何で、俺が校舎裏に居るって分かったんだ?」

雲雀野は黙り続ける。威張り散らした推論の一つも無い。

「じゃ、じゃあ、結局、暗号ってのは解けたのか?」

空へ問いかけるも、これまた無言で応えられた。完全に独り言のようだ。うわの空というやつか。こうまでされると、それなりに出方を窺っていたのが馬鹿らしい。

沈黙に耐えかね、俺は堪らず後ろを向いた。

「無視、するなよ」

雲雀野は――への字に口を結んでいた。はかなげな、切なげな眼差しで、訴える。

「だって答えたくない質問するからでしょ。仕方ないじゃない」

ようやく口をついたのは、またしても文句。しかし含みのある声色で。感情の一切を、隠そうとしない奴だから。あたかも、こいつの気持ちが分かってしまいそうな、そんな錯覚になって、目を奪われた。

「それより明義。他に言うこと、あるんじゃないの？」

言うべきこと。

例えばそれは――眠っていた謝罪だったり、目を覚ましたばかりの誠意だったり、恋文よろしく想いの丈を綴った言葉だったり。

一枚の完成させたパズルが、バラバラと崩れさるような感覚。現実味のない夢物語みたいな空気。ラブレターを本人の目の前で読み上げるのに似た、気恥ずかしさ。

無関心ではいられない鼓動が、痛いくらいに胸を打つ。

いつからだろう。雲雀野の手を握れなくなったのは。気安く、気軽に、接しなくなったのは。幼稚園、ではない。小学校、とも違う。高校に進学した時には、もう。距離感が分からないんだ。家族のようにしてきたから。雲雀野が、どうなりたくて。俺が、どうしたいのかすら。

どれだけの時間が経とうが、誰も教えてくれないし、答えてくれない。解答欄は白く靄に包まれて。

ご近所さんで、幼馴染であり、クラスメイトになり、いつも楽しげで、ちょっとしたことで落ち込んで、俺のことを自慢げに、助手だと言う探偵。

だが、それでも、まず俺が彼女にしてあげられることは、きっと変わらない。

「心配かけて悪かった。ありがとう、な」

俺は走り乱されクシャクシャになった雲雀野の髪を、元通りにしてやった。目を瞑り俯いて、その黒髪がむずがるように揺れた。公衆の面前で恥らったのか、雲雀野は夕焼けよりも頬を紅潮させて。

「ま、また……！」

一陣の風と共に通り過ぎた。せっかく梳いた髪が、夏の涼しい向かい風に触れる。

いつものように、俺は目で追いかけた。

「ね、明義」

「ん？」

「さっき訊いたこと……知りたい？」

「まあな」

「……どうしても？」

「ああ」

頷いてやると雲雀野は、そんなにも俺に分からないことがあるのが嬉しいのか、今日一番のイタズラな微笑みで、こう言った。

「なら、教えてあげない」

追及を避け、小走りで駅の方へと行く雲雀野を、俺は眺めていることしかできなかった。

なんて捨て台詞だよ、ったく。

世の中のこと全てが黒と白で二分化できないように、人の心なんて複雑怪奇な代物は、そうそう理解できないだろう。

友情、羨望、恋、責任。どれもが間違いかもしれないし、何だったら正解かもしれない。

だけれど、たった一つ、胸の中で雲が掛かっていた気持ちだけは、はっきり晴れた気がする。

その思いを、形にしたいから。

「書こう」

鞄にしまった一冊のノート。初めて書いた自作小説――『自意識過剰探偵の事件簿』。

喜ばれるかどうかも分からない、この拙い誕生日プレゼントを、輝く日の目に浴びせる為にも。

＊

「いっつも偉いねぇ、兄ちゃん。アジもサービスしとくからよ」

「ほんとですか。すみません、どうもです」

袋に入ったカレイとアジを片手に、代金を払う。今晩はアジの刺身にでもするかな。カレイの煮付けは明日にしよう。

四季折々、旬な物を食べるのが一番だ。両親の帰りが遅いの日の晩飯当番は、バランスに拘らない献立ができるから楽でいい。

「へい、まいど！　って、それよか兄ちゃん。どうしたんでぇ、その服。泥だらけじゃねぇか」

「いや、これは……まあ、若気の至りでして……」

我ながら、あながち間違ってない説明なんじゃなかろうか。言い繕うのも程々に、おつりを貰って魚肉屋の『呑舟《どんしゅう》』を後にした。

言われてみれば、この泥だらけの格好は人目に付く。多分ワイシャツの背中には、くっきりとした足跡も残っているはずだ。前衛的なファッションだと言い張るにはセンスに欠ける。これから電車に乗らなきゃいけないんだよな、俺。ますます気が重い。明日は制服を水洗いしてクリーニングに出そう。よし決まり。

——と、その時。

「やあ、奇遇だね」

「……え……？」

何の前触れも無く、不意に背後から声を掛けられ、俺は反射的に振り返った。

そして、思考も身体も、まるでセメントでも流し込まれたかのように、固まってしまう。

「息災そうで何より。少し……背と、髪が伸びたかな？　やだね、これだから成長期は恐ろしいんだ。ついこの間まで同じくらいだったのに、あっという間に差を付けられる」

その持って回した言葉遣い、その透き通るような声を、初めは聞き間違いかと思った。何かの冗談だろ、と。

しかし幻は喋らない。まやかしは、いつだって既知の情報から生まれ出る。目の前のそれを、俺は知らない。

黒と白を基調にしたセーラー服。余分なものが無い体躯。日本人形を想わせる、美しく切り揃えられた髪が揺れ、色白の手が俺の頭上へと添えられた。あまりにも唐突な行為に瞬きを繰り返してしまう。

「叢雲《むらくも》、先輩？」

中学時代、幽霊部員の吹き溜まりだった文芸部において、それを補うかのように、雲雀野以上の変人として異彩を放っていた問題児。手が付けられないと、学校側から見放された優等生――俺が『追い剥ぎ野郎』という不名誉な肩書きだったのに対し、小洒落て『スケープゴート』と自称していた、叢雲邑《むらくもゆう》先輩。感謝しきれないほど世話になったし、いくら感謝されても足りないくらいに、迷惑も掛けられた。

「卒業式の日――以来だね、明義くん」

くりっとした猫目を細めて言う。まるで久しぶりに見た俺を、心の奥底まで掌握するかのように。

そして……ようやく、どうしようもなく遅過ぎるが、頭の中で、全ての辻褄が合致した。

雲雀野が校舎裏に駆けつけたのは、単なる偶然なんかじゃない。あの暗号を解いてでも、幼馴染ゆえの胸騒ぎを感じてでも、ないんだ。ピンチを察知しての、ご都合な展開じゃあ、なかった。

会っていたんだ、雲雀野は。この叢雲先輩に。

商店街で水瀬雹を探し回っていた雲雀野は、暗号文の原紙を持っていた。そこに叢雲先輩は現れ、あまつさえ話しかけ、何もかもを解決し、雲雀野に伝えたんだ。

この人になら、それができる。俺と雲雀野が何時間も考えた結果を、難なく即答し得るだろう。

それも肝心な部分だけを覆い隠して。嘘を重ね、自分が一番の加害者になるように差し向けて。いつもの如く、罪を負う身代わりの羊になって。

けれど、どうしてだ。

「あの約束は、明日のはず、でしたよね……？」

「ああ、それか。うん、確かに、間違っていない、その通りだとも。無事に封筒の中を読んでくれたようだね。良かった。なにぶん、ああいった類の物を作ったり書いたり送ったりしたのは初めてだったから、内心ヒヤヒヤしていたんだ。同時に色んな意味でドキドキもしていたけれどね。ちゃんと真っ二つに裂いてくれたかい？　青と白のストライプ――に、隠れた切り込み線。封筒の内側に本文が書いてある、一風変わった手紙だったろう。いやぁ徒労にならなくて良かった。ふふふ、セロハンテープでペタペタ貼った苦労が報われるよ。間近で見さえすれば、切り込み線のところで継ぎ目になっているのが分かる構造にしたからね。表情から察するに、上手く雲雀野八雲さんを誤魔化せたようだ。それは結構。と、それより明義くん、よくよく見たら泥だらけじゃないか。こんなに制服とワイシャツを汚して、駄目だよ。まだ一年生の一学期なんだから。これから二年と数ヶ月もお世話になる服だろう？　大切に扱わなくちゃ。相手の成りが分かっているのなら、今度からはジャージで事に望むことだ。どれ、動かないで、払ってあげよう。なに金はいらないよ。無銭でいい。むしろ貰いたいぐらいだしね。ふんふん、良し。これで、どこからどう見ても一般的な男子校生だ。近くに水道でもあれば顔についた土も綺麗にしてあげられたんだけどね。残念ながら水気は唾液しかないんで諦めてくれ。あっと、そうだ、忘れない内に、この鞄を渡しておくよ。はい、雲雀野八雲さんの。彼女、相変わらず破天荒だね。犯行動機と暗号文の場所を教えたら、鞄も放り投げて一っ飛びだ。実に楽しそうで何よりだよ。恨めしい。で、約束の件だったね。もちろん予定は明日だ。これは、そうだね、下調べみたいなものかな。その土地の特産品やら観光名所やら、あれやこれやと旅行前に調べてしまう。誰だろうと、デートの時くらいは下見をするものだ。え、なんだい？

したことが無いから分からない？　そうかい、それは悪かったね。明義くんのことだから、どうせ明日はクリーニング屋に行く以外に予定はないんだろう？　なら是非とも付き合ってくれ。もっと話がしたいんだ」

変わらない。

外見がどれだけ成長していようとも、まるで中身は変わらない。

懐かしくもない思い出のままに。

「どうだろう、折角の出会いだし、明義くんさえ良ければ……」

叢雲先輩は、三日月のように笑った。

「これから、喫茶店に入らないかい？」


「お断りします」


「……え？」

僅かに猫目を見開く叢雲先輩。

俺は薄く笑った。

「生魚を買ったばかりなんです。行けませんよ。それに、あいつも定期が無くて困っているでしょうし。待ってますから」

また明日――そう告げて、俺は駅へと向かった。積もる話より、今は優先させることがある。それが済まないと、校正役の先輩に見てもらうのさえ叶わない。

不本意ながら助手と呼ばれて十数年。万感の思いを、この一冊に込める。なんだかんだ面白いと感じてしまえる状況を、心の片隅に仕舞っていた感情も、包み隠さず大っぴらに。

あいつが読み、それで何かが変わってしまっても構わない。後ろ向きに前向きが俺のモットーなのだから。

追い剥ぎ野郎が奪い続けた、肩の荷を下ろす時だ。

次から次へと想像が止まらない。気取ったつもりになって、自嘲して笑ってしまうほど。

通りすがりのOLと目が合った。さっと視線を逸らされて、ささっと小走りで去られる。そんなに気持ち悪かったのか、俺の緩んだ顔は。

まあ、いいさ。二度とない青春を謳歌するのは、不格好と相場が決まっている。初めから完璧を求めてなんかいやしない。まずは形にすること。そこからがスタートだ。

駅前で右往左往して、交番に行こうとしている雲雀野を見付けた。後先考えずに突っ走るから、そうなるんだよ。こっちの身にもなれってんだ。

体育倉庫監禁事件に、恋文発覚事件か。

今夜の執筆は長くなりそうだと覚悟して、俺は雲雀野の元へ駆け寄った。

一二三
文庫

自意識過剰探偵の事件簿

2018年12月5日　初版第一刷発行

著　者　　真摯夜紳士
発行人　　長谷川　洋
発行・発売　株式会社一二三書房
〒102-0072
東京都千代田区飯田橋2-14-2 雄邦ビル
03-3265-1881
http://www.hifumi.co.jp/books/

印刷所　　中央精版印刷株式会社

ISBN 978-4-89199-532-4